九歌少兒書房
www.chiuko.com.tw

狗狗想要一個家

胡巧玲◎著
潔子◎圖

名家推薦

侯文詠（名作家）：

故事說的雖然是狗，但是和一般童話不同，卻是個殘酷的故事。故事中雖不乏許多和小孩、和母雞相處、細膩有趣的部分，但是卻因照顧的疏忽、成人對動物的不重視……種種不平等待遇，導致了這隻狗一生的悲劇。這個故事本來看著還挺悲傷的，可惜故事到了後面，擬人化的狗，太多一廂情願的善良、溫情、自我犧牲與對小主人無緣由的愛戀，都讓我覺得有點太多了。

林玫伶（兒童文學作家、台北市明德國小校長）：

這是一隻流浪狗的故事。

和大多數的故事一樣，這隻狗由備受寵愛的天堂，到忍凍捱餓的街頭，對比鮮明；不一樣的是，這是一隻格外善解人意的土狗，有著「人類無法理解的念舊、感恩和自尊」，不論是和黃狗媽媽在一起的「多多」、和超超情同手足的「嘟嘟」，或是和葉兒同病相憐的「丟丟」，這隻土狗都展現出牠聰明、善良而敏感的一面，處處為主人著想。

全文對於狗的忠心寄予最大的同情，故事結尾，超超寧可尿床，不再吃狗肉，或可給自我中心的人們一大反省。

目錄

第一部 幸福童年

1

丟丟是一隻狗。但是她最早不叫這個名字。當然那已經是一個非常遙遠的記憶了。

丟丟依稀記得，她還是一隻吃奶的小狗時並不叫丟丟，而是叫多多。多多的媽媽是一隻體態豐腴的大黃狗，叫阿黃。是個驕傲的母親。

那時大黃狗媽媽一下子生了十一隻小狗，主人都懶得給這窩狗崽取名字了，所以這一窩狗崽誰也沒有名字。同時因為他們不過是一窩土狗，不是什麼了不起的名犬，所以主人也就不想給他們取名字了。

多多很喜歡那段溫馨的時光。多多和她的兄弟姐妹們擁擠在媽媽的肚皮邊上，成天吃了睡，睡了吃。吃得肚皮鼓鼓的，吃得直想尿尿就直接把尿撒在窩裡。媽媽身上噴射出來的乳香把他們一窩小狗薰陶得溫暖無比。乳香拌和著尿騷味，這種幸福的氣息只屬於他們一家。

大黃狗媽媽成天慵懶地側躺在院子裡的水泥地上，沐浴在溫暖的陽光裡，眼睛永遠是迷迷糊糊的。雖然是迷迷糊糊，但那種迷糊裡卻充滿了十足的母性。金色的陽光灑在她的身上，流光溢彩。子不嫌母醜，狗不嫌家貧，雖然主人家條件不好，可大黃狗媽媽卻享受著像王母娘娘一樣的福氣，她成天沉醉在這種幸福的迷糊之中。簡直就是一個幸福而迷糊的母親。

阿黃媽媽只有八個乳頭，卻要餵養十一隻小狗崽，所以一幫狗崽就擠在媽媽的肚皮底下拱來拱去，誰要是力氣小了被拱開，就要餓肚子。

阿黃媽媽才不管這些，只管把肚皮攤出來晾開，就瞇著眼睛等這群孩子去拱她的乳頭。她似乎永遠也不願意主持公道，誰吃了誰沒吃她不管；誰多吃了誰少吃了她也看不見；誰吃了還要吃，誰一口也沒吃上被擠到一邊去她還是沒反應。只是，如果有哪隻狗崽不好好吃奶還故意咬她的乳頭，她便會不高興地使勁動一動身子，卻也不會發怒。

那時多多就是一隻老是被擠到一邊去的小狗。由於總是被擠在一邊得不到奶吃，所以顯得十分弱小。主人也認不清楚她是不是最後才分娩出來的那一隻。主人看她可憐，就會替她主持公道，把一兩個老是霸著乳頭不鬆口的「奶霸」拎開，讓她去吃一會兒。但是只要主人一走開，馬上又會被擠在一邊。由於多多得到了主人特別的關照，其他十隻狗崽都對她產生了不滿，更是變本加厲地排擠她，所以她就更得不到奶吃。

主人不明白這些狗為什麼總是這樣排擠她，無奈地搖搖頭說：「你媽媽這一胎生得太多了，你又是那麼弱小，真是個多餘的。」於是就順口喊她多多。所以十一隻狗崽就她有了「多多」這個名字，所以多多反倒嬌滴滴地更幸福。

一窩狗崽很快滿了雙月，除了多多，個個都長得胖墩墩的，非常可愛。

由於不是名犬，主人並沒拿這窩狗崽當回事兒。鄰居也好朋友也罷，誰開口來要一隻，主人便會爽快地答應：「好，喜歡哪隻就帶走，你自己去挑。」然後把阿黃媽媽和她的孩子們分開，讓要狗崽的人一隻一隻地選。他們總是把最肥最壯的狗崽先挑走，因為這樣的狗崽大氣、健康，帶回去就好養。

看著自己的孩子一個個被抱走，大黃狗媽媽又憤怒又傷心。剛開始的時候，阿黃媽媽還為了護著她的孩子們而狂叫不已，到後來，剩下的孩子越來越少，她也就懶得再叫了。眼睛裡只剩下漠然和憂傷。反正再叫也沒有用，雖然都是她的孩子，可她卻做不了主。

多多是沒有人要的，因為她沒有吃到什麼奶，滿了雙月依然瘦骨伶仃的，所以誰也不會要她。不過這反倒使多多成了最幸運的孩子。她最終成了大黃狗媽媽的獨生女兒，成天被媽媽單獨地疼愛著。雖然媽媽的八個乳頭已經空癟了，但是八個乳頭被她一個人獨享，她被餵得肚皮每天都是脹鼓鼓的。

所以多多迅速地茁壯成長，沒多久也變得渾身滾圓，十分可愛。像一隻滾圓的皮球，兩隻眉頭上分別有兩個淺黃色的小圓點，點綴出一種天生的靈氣。

大黃狗媽媽只剩下這麼一個孩子，就百般地溺愛她，成天讓多多含著她的乳頭吃奶，牙齒都長出來了也不給她斷奶。

主人也捨不得多多，決定這窩狗崽就留下多多。又有很多人來要多多，主人都沒有給。

但是多多最終還是送人了。

2

有一天主人的兒子在暑期補習班惹了一點小麻煩，老師來家訪問。老師手裡還牽著她的兒子。主人的兒子看見班主任老師來了，躲在自己屋裡不敢出來。班主任老師趕緊對主人說，其實也不是什麼大不了的事情，別把孩子嚇壞了。

主人忙問老師是怎麼回事，老師說你的孩子在英語課堂上傳紙條，破壞了課堂紀律，被英語老師批評了還不服氣，還頂撞老師，還故意把英語老師叫成「迷死你（Miss Li）」……

啊，還好不是考試不及格的問題，主人鬆了一口氣，給老師倒了一杯茶，聽她慢慢說。

主人的兒子躲在屋裡，聽見事態不是想像的那麼嚴重，緊繃的腦袋也放鬆了。不一會兒就出來和老師的兒子玩在了一起。

兩個孩子在院子裡玩的時候，老師的兒子在那裡看見了多多。那時多多剛吃夠了奶，打著飽嗝跟在阿黃媽媽屁股後面和媽媽瘋著玩。老師的兒子蹲在地上雙手托著下巴看多多，多多也好奇地眨著雙眼皮的眼睛看他，似乎還是皺起眉頭的樣子，小孩兒看著小狗，小狗看著小孩兒，都是孩子，於是兩者之間產生了一種童真的交流。

然後老師的兒子就跟主人的兒子說：「把這隻小狗送給我吧。」

主人的兒子說：「不行，這是我家阿黃最疼愛的寶貝，也是我們最喜歡的寶貝，不能送的。」

老師的兒子說：「送給我吧，你家阿黃以後還會生狗崽的。」

主人的兒子說：「以後生的可以給你，但是這隻不能給你。」

老師的兒子說：「你要是不給的話，我讓我媽媽經常來你家告你的狀！」

老師的兒子顯然是不講道理了，但他是為了想要走多多。主人的兒子明明受了訛詐卻不敢吭氣，因為他才犯了錯，老師還在家裡坐著呢。他最害怕老師來家訪。

最後老師的兒子耍賴不肯走，非要把多多帶回家。

因為是老師的兒子想要多多，於是主人就堆著笑臉說，不就是一隻小狗嗎？喜歡就帶走吧。老師挺過意不去的，推辭不要，主人為了表示誠意就去找來一個紙箱子準備把多多裝上。老師看見主人堅持要送，兒子又扯著她的衣角非要不可的樣子，為難了一會兒，然後給主人的兒子也就是她的學生買了一箱牛奶，帶著歉意的笑容把多多帶走了。

一箱牛奶換走了多多，主人的兒子躲在一邊，委屈的眼淚把鼻子憋得酸酸的。他捨不得多多。

多多的媽媽阿黃當時似乎很不情願，但是看見主人那麼殷勤地對待老師，也就沒有吼叫。她只是依依不捨地看了看多多，流露出一種女大不中留的哀怨，一聲不吭地轉身走了。對多多的離去也許她是早就有了心理準備的。反正那麼多孩子都被送人了，最後這一個被送走也只是早晚的事情。

多多有些驚恐，她不想離開媽媽。多多不知道媽媽為什麼就讓人

那麼把她隨便給帶走了。難道媽媽不喜歡我了嗎？多多不明白。

多多被裝在紙箱裡，是一個裝過香皂的紙箱。四周雖然戳了幾個洞，但是多多還是被濃郁的香氣熏得悶了頭。於是她不斷地把頭拱出來，一邊透透氣，一邊用黑黝黝的眼睛詢問著這個認認真真抱著紙盒的男孩子：你這是要帶我去哪裡啊？我再也不能看見我的媽媽了嗎？

有時候小男孩抱不動了，就把紙盒交給他媽媽抱。多多又用同樣詢問的眼光看著小男孩的媽媽。他們兩個人的眼睛裡釋放著一種又高興又溫和的柔光。

PUPPY

於是多多心裡就放鬆了下來。雖然離自己的媽媽越來越遠，但她並不感到害怕。

多多已經不太記得那些路是怎樣走過來的了，但她記得唯一坐了一次叫公共汽車的交通工具，難聞的汽油味有點讓她發暈。差點把才吃的奶都吐出來了。多多拚命憋住才沒有吐出來。

一路上多多聽見小男孩和他媽媽商量該給她取個什麼樣的名字，多多想跟他們說我有名字，我的名字叫多多，可她說不出來。小男孩的媽媽說：「我們叫她肥肥吧，你看她肥嘟嘟的真可愛。」小男孩說：「還不如叫嘟嘟呢，嘟嘟要比肥肥好聽。」於是他們一路上便嘟嘟、嘟嘟地喊她。這個名字聽起來和多多差別不大，所以多多順其自然地在心裡邊接受了這個名字。

小男孩抱著紙盒爬了很高的樓，最後跟多多說：「嘟嘟，我們到家了。」多多知道，從此以後，她就不是多多了。嘟嘟就嘟嘟吧。

3

來到一個嶄新的家，嘟嘟緊張得連路都不會走了。

進家的第一件事情是洗澡。嘟嘟從來沒有洗過澡，不知道洗澡是要幹什麼。

小男孩的媽媽說：「我們給嘟嘟洗個澡吧，你看她太髒了。身上說不定有蝨子。」

於是便開始洗澡，洗得滿身都是很香的泡沫。嘟嘟有些害怕。但看見他們對自己那麼耐心，就很配合。一聲也沒有吭。「媽媽，你看，嘟嘟多乖呀，洗澡一點也不鬧。」小男孩說。

「就是，你小時候洗澡還沒有她乖呢。」媽媽說。

於是嘟嘟就更聽話了，用漂亮的黑眼睛看著他們。

「嘟嘟真聽話，不吵不鬧的，跟我們家真是有緣分。」媽媽又說。

嘟嘟聽不懂緣分是什麼東西，但是她覺得小男孩和他媽媽對自己挺好的，自己也很喜歡他們。於是就更乖了。

後來嘟嘟徹底放鬆了，很想嘗嘗那些白花花的泡沫是什麼味道，就試著用舌頭去舔。

「啊，這個可不能吃！」小男孩的媽媽說。

嘟嘟把舌頭縮回去，眼睛看著媽媽，不太明白這麼香香的東西為什麼不讓吃。

洗完澡以後嘟嘟有些發冷，打著哆嗦。媽媽趕緊拿來毛巾給她裹上，然後又拿來吹風機給她吹。嘟嘟有些受不了那種「嗚嗚」叫的熱風，心裡很害怕，但她又不敢叫。不過吹了一會兒就覺得舒服了，打了兩個響亮的噴嚏，渾身暖烘烘的。

這樣一打理，嘟嘟就成了一個毛茸茸、香噴噴的灰黃色小絨球了，實在是太可愛了。

嘟嘟不知道她的那些兄弟姐妹們被抱到別人家裡是不是也要洗這樣的澡。

嘟嘟的狗窩準備好了，軟軟的。小男孩還教她怎麼上廁所，要是亂拉屎就要打屁股。嘟嘟看著小男孩和他媽媽，記住了。

這一夜，嘟嘟睡得不是很踏實，夜裡餓了，就想去吮媽媽的乳頭，可是拱了半天也沒吮到，嘟嘟就醒了。她覺得還是睡在媽媽身邊好。這裡雖然到處都是香噴噴的，可是再也聞不到媽媽身上那股味道，再也吃不到媽媽的奶，再也不能跟在媽媽屁股後面玩了。

於是嘟嘟就開始想媽媽。她不知道媽媽是不是也睡不著覺也在想她。然後嘟嘟就有些傷心，發出嗚嗚像哭一樣的聲音。傷心了半天，她又在黑暗中哭著睡著了。

第二天一大早，小男孩就來看嘟嘟。看見嘟嘟乖乖地睡在窩裡，就蹲在旁邊看著她。他掏出餐巾紙為嘟嘟擦眼角上的眼屎。嘟嘟醒了，看著小男孩。

「你餓了吧？我去給你拿塊餅乾。」

餅乾拿來了，嘟嘟從來沒有吃過這種香味的東西。她不太敢吃。後來看見小男孩放了一塊在嘴巴裡，她就試著啃了一口，真香。於是就把那塊餅乾吃完了。

嘟嘟真是很餓了，吃完了看著小男孩，意思是還要。小男孩又去拿了兩塊，嘟嘟又吃完了。這種叫餅乾的東西真好吃。

然後小男孩蹲在地上和她說話：「嘟嘟，我只能在家陪你玩幾天了，下星期我就要去上學了。

我們要開學了，我的暑假作業還沒有做完怎麼辦？」

「嘟嘟，要是我不上學就好了，就可以天天陪你在家玩。我好羨慕你啊嘟嘟，不用做那麼多作業。還有那麼多的考試，真煩。」

小男孩把嘟嘟帶進他自己的房間，啊，一屋子的書和好多好多的卷子、本子。

「嘟嘟你不要想家，這裡就是你的家。如果你實在想媽媽的話，我和媽媽就帶你回去看你的媽媽。」

啊，還可以回去看媽媽。嘟嘟眨著眼睛似乎聽明白了，偏了一下頭，高興地搖了搖尾巴。

「嘟嘟，我叫超超。我一個人在家真不好玩。爸爸媽媽都要去上班，以後我們倆就是好朋友了。乾脆，我就是你的哥哥。」

嘟嘟懂事地看著這個叫超超的男孩子。實際上，她已經知道他叫超超了，昨天，他媽媽就是這樣叫他的。以前在媽媽懷裡，誰也沒有和嘟嘟說過這麼多話。雖然她一句也聽不懂，但所有的意思她全都明白，這個叫超超的男孩非常喜歡跟她在一起。

下午，媽媽抽空和超超一起帶著嘟嘟去打狂犬病疫苗，報了戶口，買了項圈，領到一塊合法餵養的狗牌。超超說：「嘟嘟你有身分證了！」

嘟嘟不理解，來到一個新地方，還要有這麼多麻煩的事情。打針很疼的，嘟嘟沒有打過針，嚇得不敢叫喚。媽媽誇她打針比超超還要勇敢。

還不到兩天的時間，嘟嘟就和超超形影不離了。超超走到哪兒，嘟嘟就搖著尾巴跟到哪兒，就像原來跟著自己的阿黃媽媽一樣。

超超抱著嘟嘟看電視，寫作業，甚至一起吃一塊餅乾。當然是超超自己先咬一口然後再餵給嘟嘟。

有嘟嘟陪著超超，超超一個星期的假期很快就結束了。媽媽買了一些狗食和狗玩具回來給超超，跟她說：「明天超超就要上學了，嘟嘟你就一個人在家玩這些東西，等超超放學回來才能陪你玩。」嘟嘟好像聽明白了，乖乖地就去狗窩裡趴下了。

超超開始上學以後，嘟嘟變得非常懂事，她知道不能再像前段時間那樣老是纏著超超。有時候實在憋不住了，就會去超超身邊黏糊一下。但是她會偷偷看媽媽的臉色，如果媽媽臉色很嚴肅地跟她說：「嘟嘟，自己玩，不要影響哥哥學習！」她就要乖乖去狗窩趴下，否則超超就要被媽媽大聲訓斥。

嘟嘟不知道什麼叫「學習」，但她懂得「學習」一定是比她重要得多的一件事情。嘟嘟不願意超超為自己受任何委屈，所以嘟嘟就非常懂事。一提起超超要學習，她就乖乖地走一邊去。其實嘟嘟明白媽媽也是喜歡她的，每天都要給她做好吃的。還有，特許她在週末的時候，洗完澡可以讓超超抱著她睡一個晚上。

嘟嘟知道，超超上學是不能帶她去的。早上超超一起床，嘟嘟就醒了，睜著眼睛趴在窩裡。等超超洗漱完畢，嘟嘟就會跑到門口等著，叼來超超穿的步鞋，看著超超穿好，送他出門。

媽媽去上班，嘟嘟也很想給她叼鞋，但是嘟嘟卻不能這樣做，她叼過一次，媽媽拍了一下她的腦袋：「呀！快鬆口，快把我的鞋咬爛了。」嘟嘟就知道，媽媽的鞋是不能叼的，她也不給爸爸叼鞋，爸爸的皮鞋太重，叼不動。但是，如果爸爸要抽菸的話，嘟嘟會把爸爸的香菸叼給他。

一家人都出去以後，只有魚缸裡的金魚和牆上的掛鐘這兩樣會動的東西陪著她。金魚在魚缸裡安靜地游來游去，不會發出一點聲音，牆上的掛鐘倒是滴答滴答響個不停，但是又太單調。嘟嘟這個時候最想媽媽，還有那些把她擠開不讓她吃奶的兄弟姐妹。想著想著就睏得睜不開眼睛睡著了。

後來嘟嘟習慣了自己跟自己玩，玩自己的玩具，也玩超超的玩具。把垃圾桶裡的雜物全部翻出來。後來她發現了一樣最好玩的東西：把捲筒紙扯下來，鋪得滿地都是。後來被媽媽管教了一回不敢再

玩了。

下午一聽見門響嘟嘟就知道是超超回來了，無論睡得多香嘟嘟都會一下彈起來，搖著尾巴歡快地迎接超超，還站起來往他身上撲。超超一扔下書包甚至連鞋也不換就會去抱她。兩個親熱得就像異類的兄妹。

親熱上一會兒超超就會餵嘟嘟吃狗餅乾，然後領她出門去散步。從放學到吃晚飯以前，是他們倆可以好好親熱的時間。

嘟嘟最喜歡的是周休日的早上，超超和媽媽會帶著她一起去爬山。在那片林子裡，她會碰見好多同類的夥

伴，只是她還很矜持呢。把尾巴夾得緊緊的。

嘟嘟現在簡直就是超超的驕傲，誰碰見他們都會使勁看他的嘟嘟，並問他是從哪裡買來的。超超就會很得意地告訴別人：「我媽媽的學生家長送的。」這句話包含的意思就很豐富了。別人聽見這句話往往會問，你媽媽是哪個學校的老師？是教什麼的？超超非常喜歡讓別人知道他媽媽是老師，而且是一個非常出色的語文老師。還是班主任。嘟嘟在一邊會配合地搖著尾巴，很自豪的樣子。

超超帶著嘟嘟去散步時總是很得意，別人都說他的小狗很乖，毛色也好看，看起來又如此聰明伶俐。所以超超經常會採上一朵野花別在嘟嘟的頭上，是啊，他的嘟嘟可是個漂亮的小女孩啊。比那些長著地包天牙齒的洋狗可是好看多了。

但是嘟嘟那乖巧的模樣並沒有保持多久，她迅速地長大。才過了半年多時間，超超把嘟嘟帶出門，就開始有些壓力了。鄰居們再也不說他的小狗可愛了，而是說，你的狗是隻土狗，土狗是長得很快的，長大了可不能在樓梯間裡養，會嚇著人的；還有，要是她將來生了狗崽怎麼辦，公寓裡可不能養這種狗。

「我家嘟嘟是有身分證的！」超超總是這樣辯解。

嘟嘟似乎也聽懂了別人對她的議論，不敢放肆地跟在超超身後撒歡了，而是夾緊尾巴，像個受委屈的小媳婦似的。

嘟嘟的個頭一天天在長大，超超還是一放學就要和她黏在一起，但是要等天快黑了才能帶她出去散步。超超不喜歡別人總是說他的嘟嘟遲早該拿去送人。

4

有一天超超帶著嘟嘟散步回來，一進屋媽媽就很嚴肅地拿著超超的數學卷子，跟他說：「怎麼考的？才得了六十八分！成天跟狗在一起玩，分數下降成這個樣子。把嘟嘟送人算了！」

「不！我不要！不能把嘟嘟送人！」超超使勁喊。

「那你看你的學習，簡直是直線下滑！」媽媽也提高了嗓子。

「不要把嘟嘟送人！我下次一定會考好的。」超超向媽媽保證。

嘟嘟不明白媽媽手上拿的那張卷子跟自己有什麼關係，仰著頭一會兒看媽媽，一會兒看超超，隨後就聽明白媽媽和超超是在為自己吵架，然後一聲不吭乖乖回窩躺著去了。新換的狗窩顯得很擠，又快裝不下她的身子了，嘟嘟只好使勁收緊身子，委屈地蜷縮在裡面，連一點尾巴也不露出來。

嘟嘟現在成了超超的心理負擔，他多麼盼望嘟嘟永遠不要長大，永遠是小時候那般可愛的模樣。可嘟嘟一天天在長大，個頭竄得很快，即便拿大石板壓都壓不住。

嘟嘟的食量大得驚人，小餅乾早就填不飽她的肚皮了，每天要吃滿滿的一盆，要是不給她吃飽的話，就餓兮兮地望著你，委屈得跟個受氣包似的。有時候還會把舔得乾乾淨淨的狗食盆銜來摔在超超和媽媽的面前，表示強烈抗議！

媽媽成天都在抱怨，社區不准養大狗，要是咬傷了別人怎麼辦？

趕緊送給有能力養這種狗的人家吧！超超不知道嘟嘟到底要長到多大才不長大，嘟嘟的阿黃媽媽他是看到的，那塊頭夠嚇人的，超超心裡好像壓了塊大石頭，他很怕嘟嘟因為長大而離開他。

然而，嘟嘟已經出落成一個矯健的美少女了，灰黃色的毛油光水滑，每一根毛都綻放著青春的色澤。一出門，那些模樣顯得老態龍鍾的沙皮狗，長得像小鹿或者像小狐狸的寵物狗，一見到嘟嘟，就會圍著她屁股轉。嘟嘟總是擺出一副居高臨下的架式不理他們，儘管嘟嘟只是一隻土狗，那種驕傲的氣質很有魅力。

鄰居們一見到嘟嘟就會說：「多好的一隻狗啊，就是長得太大了，咬著別人可怎麼辦？」這話既有羨慕又有嫉妒，還含著強迫超超把嘟嘟趕緊處理掉的意思。有人還給超超出主意，讓他給嘟嘟餵點丁香，說是吃了丁香就不會長大了。超超不知道丁香是什麼，但他不會拿嘟嘟做試驗的。

的確，狹窄的廁所嘟嘟已經住不下了，為了她的去留，媽媽和超超爆發了好多次激烈的戰爭。媽媽說要把嘟嘟拿去送人，超超堅決不肯，爸爸則保持中立，一直閉口不表態。因為他是經常出差不在家的，家裡的麻煩事都煩不了他。嘟嘟似乎也覺得待在這個家裡很不自在，她不想一家人老是為她而吵架。

後來爸爸想出了一個折中的好主意。社區外面住著一個不太老的孤老頭，獨門獨院，爸爸跟他談好把嘟嘟託管在那裡，吃的東西由家裡提供，每月單獨給他一百塊錢的託管費。放假日接回家裡。那個孤老頭一個人沒有伴，嘟嘟正好可以去陪陪他，所以他很爽快地答應了。超超和媽媽都同意這個方案，超超拍著手說：「我們家嘟嘟要上全托式幼稚園了！」

於是，超超每天早上和媽媽一起去學校的時候，就把嘟嘟送到那個爺爺家。放學回來，吃完晚飯，去那裡把嘟嘟帶上，出去散步。星期六星期天就把嘟嘟接回家來，給她做好吃的豬肝豬肺。

嘟嘟不喜歡那個面無表情的爺爺，但是她只能接受這種「全托」式的做法。

看不見超超，嘟嘟開始不習慣。但沒幾天也就習

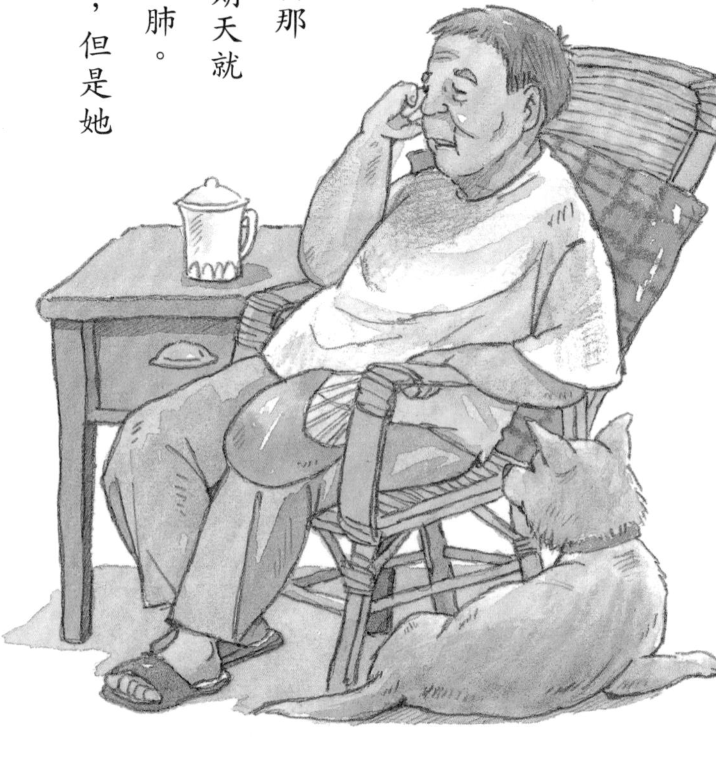

慣了，白天就在小院子裡陪著老爺爺打瞌睡，養足了精神然後耐心地等待天黑，還有可以吃到豬肝豬肺的好日子。

總是在一種期待中度過，這樣的生活也很有盼頭。

但是，還不到一個月，嘟嘟就被送了回來，她生病了。不肯吃東西。那個爺爺說他沒有養過狗，不會給狗治病。怕嘟嘟萬一有個什麼好歹，他擔不起責任。如今的寵物，哪家的都高貴得不得了。

不知道嘟嘟是怎麼病的，她不停地打著嗝，還吐白沫。媽媽認為她是消化不良，給她餵了幾片乳酸菌素片。媽媽告訴超超，可能是星期天把嘟嘟帶回家，打牙祭吃得太多，撐壞了肚皮。

吃了藥，嘟嘟似乎好了一些，沒有吐白沫了。但過了幾天卻拉起肚子。起初拉的是一種巧克力色的溏便，後來拉出來的全是水。而且

變得很狂躁。她撕咬著地毯、毛巾、沙發墊；把狗食盆打翻在地，屎拉得東一攤西一攤。嘟嘟一下就瘦了一大圈，毛也濕漉漉地貼在身上，像從臭水溝裡撈出來的一樣。

超超自己找了些止瀉藥餵給嘟嘟，但她還在繼續拉肚子。超超只好央求媽媽趕快帶嘟嘟去看醫生。但是那幾天媽媽太忙了，根本顧不了嘟嘟。媽媽只是找了一些更好的止瀉藥和消炎藥餵給嘟嘟，說是如果還不見好的話就帶嘟嘟去醫院吊點滴。超超問媽媽嘟嘟會不會死去，媽媽說：「放心吧，狗有九條命，不會輕易死掉的。尤其是土狗，生命力更加頑強。」

傍晚，超超帶著嘟嘟去散步，下樓的時候，嘟嘟放了一串響亮的狗屁。超超興奮地在樓下跟媽媽喊：「媽媽，嘟嘟放屁了！嘟嘟放屁了！」因為媽媽跟他說過，拉肚子如果放屁了，就是要好了。超超自己也有過這樣的經驗。散步回來，超超把嘟嘟翻過來躺在自己的腿上，給她揉肚皮。小時候他肚子不好，媽媽就是這樣給他揉肚皮的。嘟嘟又被揉出一串響屁來，超超很高興。

但是過了幾天，始終還不見好，媽媽就和超超領著嘟嘟去看醫生。他們這一帶只有一個寵物門診，還離得比較遠，嘟嘟走路有些費勁，媽媽就用一個大雙肩背包把嘟嘟背上。

寵物門診吊著點滴的都是那些嬌滴滴的名犬，醫生看見他們背了隻土狗進來，嘴角撇了撇，露出一種不屑，隨便診斷了一下說：「就是一般的拉肚子，不會有什麼問題的，這種狗的命很賤的。根本用不著來上醫院。」說完就把嘟嘟撂在一邊，忙著照顧其他的狗去了。

超超和媽媽的自尊心受到了打擊，媽媽說：「走，回家，我們自己給嘟嘟治病！」

嘟嘟吃藥很配合，跟她說吃了藥肚子就不痛了，就不拉肚子了，就可以再去老爺爺那裡上全托幼稚園了，於是嘟嘟很乖地把藥吃下去，嘟嘟很能聽得懂話。超超就盼著那些藥吃下去就會有立竿見影的效果。

但是嘟嘟沒有好起來。傍晚餵完藥，超超又帶著嘟嘟出去溜達。然而嘟嘟的精神委靡了許多，走著走著就是一個趔趄差點摔倒。超超想去扶她一下，可是嘟嘟卻不讓碰，又撕又咬，脾氣很暴躁。

散步回來，嘟嘟怎麼也不肯進家門。超超已經被她折騰得很累了，也就沒有在意。

超超進了屋子，沒看見嘟嘟跟進來，就出門去看。他以為嘟嘟可能是被他不注意關在外邊了。打開門一看，沒有。然後就到樓梯間裡去找。樓上樓下找了好幾遍，媽媽也出去一邊喊一邊找，可就是沒有看見嘟嘟的影子。媽媽說：「算了吧，明天就會回來的。丟不了的，嘟嘟是多聰明的狗啊。」

是的，原來有好幾次也是這樣，嘟嘟自己就回來了。不過這一次嘟嘟是生著病的，超超很擔心。

5

嘟嘟已經感到自己病得不輕。她的肚子痛得要命，連路也走不穩了。她覺得自己病得快要不行了。

在跟著超超回家的路上，她就在想今天晚上還要不要回家。她不願意給她的主人帶來任何的麻煩，儘管超超對她那麼好，她也是如此地不願意離開超超。超超和媽媽喊她的聲音她是聽見的，她躲在一樓通道的雜物堆裡。憋不住又拉了一些稀屎。

嘟嘟舔著熱辣辣的屁股眼，聞到自己渾身腥臭，全身軟得一點力氣也沒有了，她感覺自己真的快不行了。她不想讓超超看見她這個樣

子而傷心。想到要離開超超，她的眼睛濕濕的，眼角上積滿了黏糊糊的眼屎。

嘟嘟藏在那堆雜物堆裡，迷迷糊糊一晚上沒睡著覺。她渾身難受，心裡更難受，快要天亮的時候，肚子實在餓得受不了了，想了半天，就回到家門口，渾身癱軟地臥在那裡。

媽媽早上起來開門就看見了嘟嘟：「哎呀嘟嘟！你昨晚跑到哪裡去了？害得我們一夜都沒有睡好。」

超超聽見嘟嘟回來了，光著腳就跑出來了：「嘟嘟！嘟嘟！我以為你丟了呢！快進來！」

嘟嘟不願意進屋，可憐巴巴的樣子顯得很憂傷。她是打算來和主人做最後道別的。順便吃點東西就走。

媽媽端來一盆熬好的稀飯，嘟嘟吃了幾口就開始作嘔。但是為了讓媽媽感覺她吃得很香，嘟嘟努力吃下去一小半。

媽媽說：「嘟嘟看樣子是好些了，我們再餵她一些藥，只要不再拉肚子就會好的。」

「超超，你今天要去學英語，把嘟嘟帶到外面去曬太陽，你就去上課。我會照顧好嘟嘟的。」

太陽很好，社區裡的花園被太陽照得很鮮豔很明亮，超超把嘟嘟帶進花園跟她說：「嘟嘟，這麼好的太陽，你曬曬就會好的。」然後朝她招招手就上學去了。

嘟嘟感覺到，這應該是最後的道別了。

其實嘟嘟已經想過很多次，隨著自己一天天地長大，她遲早是會離開這個家的，她不想因為自己給超超一家帶來任何麻煩，不想影響超超的「學習」，害得他們總是在為自己吵架。現在她生病了，正是自己離開這個家的最好的理由。

看著超超的背影，嘟嘟的眼淚流了下來。就在超超朝她招手的那一瞬間，嘟嘟彷彿又動搖了昨天晚上下定的決心。剛才吃了一些稀飯，她好像有了一點精神。她站在花園的臺階上，在暖和的春風裡努力挺直顫抖的身子，一直望著超超的背影，直到超超的背影完全從她的視線裡消失。

嘟嘟一邊望著超超，一邊在心裡掙扎，到底是留還是離開？然後回頭望望公寓，看見媽媽正在三樓廚房的窗子上望著她。

嘟嘟回過頭，神情憂傷地望著遠方，似乎在思考著一件非常重大

的事情。偶爾有人經過她的身邊，也絲毫沒有影響她保持這種思考的狀態。在三樓的媽媽不解地一直望著嘟嘟，不知道她到底在想些什麼。但她突然感覺到，嘟嘟可不是一隻簡單的狗，她似乎是很有思想的。後來發生的一切，證實了媽媽的想法。

6

媽媽在三樓的廚房裡為嘟嘟熬藥。是一種有些酸味的黑糊糊的草藥。是別人介紹的土方子。藥裡面的石榴皮是超超剝的，馬齒莧是超超跟著媽媽上山採來的。媽媽一邊熬藥一邊看著樓下的嘟嘟。她看見嘟嘟站在臺階上發了好一陣的呆，然後就躺在花園裡曬太陽了。看著嘟嘟神態安詳，不再那麼煩躁不安，媽媽以為嘟嘟的病情已經在好轉。

藥已經熬好了，就等著放涼一些就去花園裡把嘟嘟叫回來。可是媽媽這個時候卻不知道，嘟嘟正在準備實施一個誰也無法理解的想法。

媽媽不時地在窗戶上看著樓下的嘟嘟，她看見嘟嘟不知道遇見了什麼事情，在花園裡待不住似的，從花園跑到臺階上，往她這裡看，似乎有什麼事情要告訴她，看上一會兒又去花園待著，一會兒又跑到臺階上，又往她這裡看，然後又去花園待著，如此來回跑了三趟，媽媽覺得嘟嘟不知道是怎麼了，大概是想回家了，就決定下樓去花園裡叫嘟嘟回來吃藥。可是等她下樓去，找遍了花園也沒看見嘟嘟的影子。問了社區的保全，保全說剛才還看見的，這會兒沒見著了。媽媽找遍了社區，也沒看見嘟嘟。

超超下課回來也跟著找，還是沒找到。他不停地哭著怪媽媽沒有照顧好嘟嘟，把嘟嘟放跑了。無論媽媽怎麼解釋都不行。

嘟嘟不見了，超超整整傷心了一個星期。他和媽媽在社區附近的醒目之處貼了好多尋狗啟事，也沒把嘟嘟找回來。超超又把尋狗啟事折成紙飛機，扔到很多地方，也沒有帶來任何消息。

後來，在很長的時間裡，超超一直都在懷念嘟嘟。一看見跟嘟嘟模樣相似的狗，他就會認為是嘟嘟，甚至，看見跟嘟嘟長得一點也不

像的狗，也彷彿覺得是嘟嘟。

嘟嘟徹底從超超的視線裡消失了。但是，掛在超超房間裡的那塊狗牌卻使他時刻想念著嘟嘟。

第二部 流浪之旅

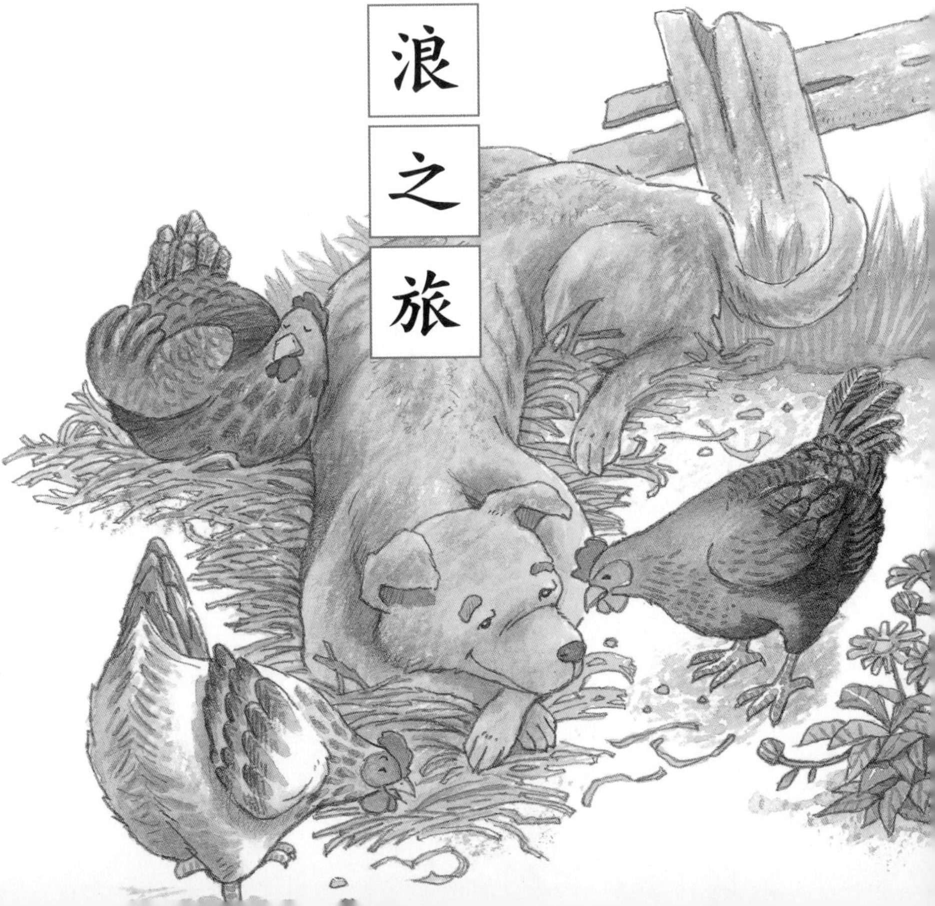

1

嘟嘟永遠不會忘記她從那個社區花園出走的最後情景。她知道，三樓窗口上的媽媽在望著她，等她回家吃藥。但是她認為自己已經好不了了。就在剛才，嘟嘟又拉了一次稀，是水一樣的稀，還帶著血。腥臭得厲害。這一次拉得很厲害，連腸子都要拉出來了，使嘟嘟最後下定了離開家的決心。她覺得自己快死了，不能讓主人看著傷心。

她在超超媽媽的視線裡來回徘徊，是想引起媽媽的注意，是想和媽媽做最後的道別。當媽媽從那扇窗戶消失的時候，嘟嘟知道，媽媽是下來叫她吃藥的。這藥不能吃了，吃了也好不了的，吃了就會動搖她離去的決心。反正，遲早她是會離開這個家的。

就在媽媽從家裡下來的那一小段時間裡，嘟嘟哀怨地看了看三樓那扇窗戶最後一眼，就鑽進花園深處的下水道，藏起來了。其實，媽媽到處找她喊她，嘟嘟都是知道的，但是她心裡明白，從此，她就不是原來的嘟嘟了。

離開阿黃媽媽的時候，嘟嘟沒有很傷心，但是這次離開超超和媽媽，嘟嘟的心在流淚。

是的，那個態度傲慢的獸醫說得沒有錯，土狗生了病是不用看醫生的。嘟嘟奇跡般地沒有死，她在死亡線上掙扎了好多天又活過來了。她數不清楚鑽了多少條臭烘烘的下水道，吃過多少難以下嚥的髒東西，多少次聞到別人家抽油煙機噴出來的紅燒肉的香味，刺激她流出好多口水，多少次暈沉沉地穿過馬路時差點被汽車撞死……其中的辛酸和痛苦沒有誰知道，嘟嘟也不可能告訴任何人。

嘟嘟不知道社區外面那條大道上的電線杆上貼滿了尋找她的啟事。就算是知道她也不會再去找超超了。她決定去流浪。

嘟嘟脖子上的鈴鐺不見了，沒有人喊嘟嘟的名字，也沒有人能認識嘟嘟。但我們暫時還是只能把她稱為嘟嘟。

一場病折騰下來，嘟嘟已經完全變了模樣。她瘦了許多，老了許多，髒得連毛色也看不清楚，眼睛渾濁，身體像得了帕金森氏症一樣不停地顫抖，她後背上掉了一大片毛，成了一隻令人厭惡的癩痢狗，所以她只能去流浪，儘管她心裡一直想著超超和超超媽媽。

嘟嘟似乎走了很遠的路，她並不指望有人收留她，只是想找到一

個可以棲身的地方。

最後，她看中了一個垃圾堆。這是她看見的垃圾堆中最好的一個。

那是一個比較清靜的垃圾堆，被一圈低矮的爛房子圍住，留下一個出口，過路的人就從這個出口處隨手把垃圾往裡一扔，還沒等轟炸出一群蒼蠅，就捂著鼻子趕緊走開。不過有垃圾車會運走垃圾，所以這片垃圾堆就不算太噁心。

那一圈爛房子不知道屬於誰，似乎有很多年都沒有人來打理過，幾乎被人遺忘了似的。裡面堆著破磚爛瓦，煤渣柴火，破爛家具和雜物。對於一隻流浪狗來說，這真是一個棲身的好地方。

嘟嘟決定就在這裡住下了。

她選中了一間堆了雜物的爛房子。這間房子比起其他幾間「條件」要好得多，一是要寬敞些，二是待在裡面又黑又不透風，既暖和又安全。最主要的是，裡面有一張破了幾個洞的布沙發。那簡直就是一個非常舒服的狗窩了。而且垃圾堆就在旁邊，從裡面隨時都可以翻到許多吃的，餓不了肚子，這樣的地方上哪裡去找啊？

這間破房子和破沙發以及這個垃圾堆彷彿就是專門為嘟嘟準備的，這些東西彷彿在那裡等了很多年，就只為等著嘟嘟的到來。

嘟嘟對這個地方很滿意。她一下子就快樂起來。她先在垃圾堆翻了一些吃的，然後到屋裡的沙發上睡了一覺，便有了家一樣的感覺。

剛開始嘟嘟覺得這個地方很自在，想吃就吃，想睡就睡，挺好。

但是住了幾天嘟嘟就覺得還是有些孤獨，每天除了過路的人偶爾用同

情或者厭煩的目光看她一眼，沒有誰會像超超那樣和她說一句話。是的，她是一隻流浪狗，誰願意跟流浪狗說話呢？

有一群雞也在這片垃圾堆裡覓食。但是和嘟嘟不一樣，他們不是流浪雞，他們是有主人的。他們住在嘟嘟那間爛房子的隔壁的隔壁。他們有自己的雞舍。他們的雞舍很特別：臨近的院牆翻過來的綠蘿，搭成了一個自然涼棚，聰明的主人就著那個天然綠色的頂棚做了一個又漂亮又舒適的雞舍，像童話裡夏日的綠房子。

他們的主人每天定時供應給他們一頓玉米麵子，然後就一整天放他們出去自己覓食。主人是一個很能幹而又勤快的少婦，經常穿一身綠裙子。她一走近雞舍，那群雞就仰起頭圍著她轉。那些金黃的玉米麵子會讓嘟嘟嚥下去一些口水，她不是想吃那些玉米麵子，是讓她想

起超超和超超媽媽。嘟嘟只能在旁邊悄悄看著，很羨慕。

嘟嘟的心很寂寞。

勤快的主人在垃圾堆旁邊種了一棚絲瓜，綠葉叢中開出許多五瓣小黃花，像圓潤的星星。有了這棚絲瓜做點綴，垃圾堆也不令人討厭了。那群雞喜歡在瓜棚底下乘涼、捉小蟲子。

他們整天都很快樂，總是嘰嘰咕咕有說不完的話。

嘟嘟聽不懂他們的語言。他們裡面有兩隻公雞，羽毛長得很漂亮，雄壯的冠子像兩簇熊熊燃燒的火苗。像國王一樣的驕傲。其餘大大小小的全是母雞。她們像對待國王一樣尊重那兩隻公雞。

這群雞在這樣半封閉的環境下生活，似乎會有些井底之蛙的感覺，但是他們並不孤陋寡聞。

有一群麻雀是雞群的夥伴，他們經常在雞舍頂上的綠蘿叢裡穿越、跳躍。他們鬧喳喳地跟雞群說著在外面的天上看來的事情，雞群很喜歡聽。當然聽這些新聞是有回報的。那些靈巧的麻雀們總是在雞的主人撒完玉米麵子離去之後，降落到雞舍裡，一邊分享香噴噴的金黃色的玉米麵子，一邊給雞群做新聞報導。

嘟嘟聽不懂麻雀們說的是什麼樣的新鮮事，但是從雞群歡快的神態中看得出，他們是完全聽得懂的。嘟嘟在心裡猜想，麻雀們會告訴他們什麼新鮮事呢？嘟嘟是猜不出來的。

嘟嘟是一個突然出現的外來客，一開始就引起了雞群的緊張，但他們看見嘟嘟並不具備暴力傾向和實施暴力的條件，就沒有太把嘟嘟當回事。於是他們只是偏著頭，交頭接耳一陣就算了，因為嘟嘟和他們畢竟不是同類，也沒有侵犯他們的意思。

不覓食的時候，嘟嘟就會臥在那裡看著雞和麻雀們發呆，她並不是因為自己的寂寞而羨慕他們的熱鬧，她在想念超超，想自己的很多心事。尤其是在夜幕降臨以後，雞群回到他們的家，嘟嘟看著夜色裡繁星點點的燈火，心裡非常不是滋味。她知道，在她看不見的地方，有一處燈光是從超超家透出來的，那一處燈光現在只能在她心裡點亮。雖然看不見，那卻是在她心裡頭最熟悉最明亮的燈光。

嘟嘟還喜歡對著月亮發呆，她覺得有星星的夜晚月亮不孤獨，沒有星星的夜晚月亮是寂寞的。比她還要寂寞。在這樣的夜晚，嘟嘟非常想念超超一家。沒有人能夠知道一隻流浪狗的心事。

那群雞顯然是不歡迎這位不速之客進入他們的地盤的。見嘟嘟就待在這裡居然不走了，很不高興。他們商量出最後的結果，決定把嘟嘟轟走，於是在兩隻公雞的帶領下，一群母雞擁在一起，拉出一種想群起而攻之的架式，圍著嘟嘟像吵架一樣咯咯咯地亂吼，雖然嘟嘟一身的傷痛，但是嘟嘟那種不可冒犯的神態終於使得他們不敢輕舉妄動。那群麻雀看見戰爭即將爆發，呼地一下全飛到一棵枯樹上居高臨下觀戰去了，搖晃下好多枯枝敗葉。

僵持了半天，戰爭終於沒有爆發。

轟不走嘟嘟，雞群又變換了一種方式，開始採用冷戰的態度對付嘟嘟。他們不看嘟嘟，不理她，孤立她，成天嘰嘰喳喳各自瘋瘋打打，鬧成一片。除了那兩隻富有挑戰性的公雞可以偏著脖子敵視著嘟嘟，誰也不能看嘟嘟一眼。誰要是眼睛不聽話看了嘟嘟，就會被其他

的母雞教訓。

嘟嘟不想跟這些鬧喳喳的母雞們計較。每天獨自埋頭覓食，吃飽了就去睡覺。過了一段時間，身體居然養得好了一些，腿腳有力氣了，身子顫抖得也沒有那麼厲害了。

雞們不理嘟嘟，嘟嘟也不理他們，就這麼過了一段時間，倒也相安無事。

有一次，幾隻母雞為爭食一起欺負一隻小母雞，嘟嘟忍不住去打抱不平，衝上去把幾隻大母雞攆開。那隻小母雞很感激嘟嘟，就經常用眼神悄悄跟嘟嘟打招呼，但是很快被其他母雞發現了，那隻小母雞便遭到了更多的報復。於是，嘟嘟再也不願意去管他們的閒事了。

2

但是嘟嘟閒得無聊的時候，也會站在旁邊看看這群雞。

母雞們在兩隻公雞的帶領下歡樂地覓食，幾隻母雞經常把頭湊在一起咕咕咕地開一會兒會，像是在議論什麼，然後甩著尾巴跑開。嘟嘟不知道她們幾個是不是在說自己。嘟嘟聽不懂她們的語言。只覺得這些母雞們總喜歡嚼舌根挺無聊的，幸虧嘟嘟是不愛跟她們理論的，不然的話，真是要雞

犬不寧了。

兩隻公雞有時候突然就會莫名其妙地硬著脖子，豎起頸子上的毛打起架來。兩個國王一開戰，母雞們便不敢吭氣了，即便是平時那兩隻最多嘴多舌的母雞也不敢吭氣，一齊呆站在一邊看他們兩個打鬥，臉色十分緊張。嘟嘟也不明白那兩隻公雞為什麼老是要打架，猜想多半是那兩個長舌婦母雞挑唆的結果。嘟嘟很討厭那兩個喜歡搬弄是非的母雞，成天咯咯咯叫個不停，還喜歡欺負比她們個頭小的母雞。

兩隻公雞打起來的時候，嘟嘟多半會站在旁邊看他們打，他們打架的姿勢精彩又激烈，有了上次的經驗嘟嘟根本不願意上去勸架，只當是看熱鬧，看不花錢的鬥雞表演。

兩隻公雞的實力是不分軒輊的，通常打上幾分鐘，互相啄下對方脖子上的幾片羽毛來，就停戰了。

有一回卻不是這樣，兩隻公雞不知道什麼原因動了真格的，一副仇人相見分外眼紅的架式，他們紅著臉，倒著毛，糾在一起打得難捨難分。打得雞毛滿天飛，脖子上的羽毛都快被啄光了，冠子上的雞血到處飛濺，嚇得母雞們躲在一個角落裡，擠成一堆，瑟瑟發抖。

再繼續打下去就要發生命案了，嘟嘟連忙跑到兩隻公雞中間，把他們擋開。

戰火終於在嘟嘟的干涉下停止了，那群驚慌失色的母雞好半天才回過神來。然後，那兩隻愛嚼舌根的母雞像崇拜英雄一樣甩著屁股朝嘟嘟跑來，千恩萬謝地跟嘟嘟咯咯咯說了一大堆，又把頭湊在一起嘀咕半天。嘟嘟不知道她們到底會怎麼感謝她，是不是商量要捧束鮮花來送她，嘟嘟可承受不起這些，不想理她們，埋著頭，默默轉身回自己的狗屋睡覺去了。

雖然都是在一個垃圾堆覓食，但嘟嘟和他們是井水不犯河水。嘟嘟要找的往往是骨頭，那群雞則主要是找剩飯或者是小蟲子。所以嘟嘟和他們不理不睬地相處了好一段時間。

但是有一天發生了一場衝突。不過這場衝突徹底改變了嘟嘟和他們之間的關係。

那天有一盒沒吃完的生日蛋糕飛了過來。當時嘟嘟和那幾隻雞正在垃圾堆裡覓食。他們幾乎同時都看見了這盒生日蛋糕。嘟嘟一下子興奮起來。因為在超超過生日的時候她就分享過超超的生日蛋糕，那股誘人的奶油香味至今依然記憶猶新。

所以，那盒沒吃完的蛋糕讓嘟嘟產生了極大的興奮。這一刻她最想獨佔的就是那盒蛋糕。那群雞也是眼急腿快，一窩蜂就上去搶了先。因為嘟嘟的腿不靈便，就遲了一步。但是她肯定不會放棄那塊蛋糕。

嘟嘟踉蹌著竄上去，朝著那群雞汪汪地吼叫，一下就把他們驅散了，然後她什麼也不顧，就一個人獨享那盒蛋糕。那幾隻雞呆呆地站在一邊，敢怒不敢言地望著嘟嘟。兩隻公雞試圖上來搶一點，又被嘟嘟惡狠狠地吼開了。兩隻公雞退回去，不知道幾隻母雞分別在他們耳朵邊出了什麼主意，兩隻公雞便立刻倒著毛又打起架來。

這回嘟嘟沒有興趣看他們打架，埋頭把蛋糕吃了，連盒子也舔得很乾淨，然後打著飽嗝揚長而去。那群雞眼睜睜地看著嘟嘟毫不講理地霸道了一回。

嘟嘟回到她的窩裡美美地睡了一大覺，隱隱約約被那群雞的聲音吵醒了。嘟嘟瞇著眼睛往外一看，天色已經晚了，往常這個時候，那群雞已經很安靜了，他們通常睡得比較早。

那群雞不知道因為什麼原因吵得很厲害，沒有立即結束的意思。嘟嘟決定去看個究竟。

嘟嘟跛著腿走到雞舍前面，幾隻正在吵得很凶的母雞看見了她，一下子就閉了嘴不吭氣了。嘟嘟感覺他們是在為白天那盒被她搶去的蛋糕爭吵。嘟嘟在心裡覺得有些好笑，他們到底還是很怕自己。

但是嘟嘟的笑意並沒有寫在臉上，看起來卻是十分嚴肅和冷峻，似乎像一個侵略者。兩隻爭得面紅耳赤的公雞立即警覺起來，他們是

這群母雞的當然保護者，所以一下子偏著雞冠將頭緊挨在一起，一副要緊密團結，一致對敵的樣子。別看他們經常在內部打得一塌糊塗，但是一遇到外來者入侵的時候就抱成一團了。

嘟嘟覺得這群雞把她當成了壞蛋，真是誤會了。她白天搶那盒蛋糕無非是想解解饞而已，並沒有侵犯他們的意思。於是嘟嘟放緩了身子，一聲不吭地用一種很溫和的眼光看著這群雞，看得這群雞面面相覷，緊張得渾身的毛都快要立起來的樣子，不知道該怎麼辦才好。

嘟嘟看見他們還沒有完全放鬆警戒，乾脆就軟下身子趴在地上，用更加溫和的眼睛看著這群雞。幾隻母雞在雞舍裡嘰裡咕嚕議論了一會兒，大致是說這隻狗看起來似乎不壞，我們是不是誤解她了。

嘟嘟想和他們解釋說，白天我獨自霸佔了那盒蛋糕，是有些過分

了。現在我是來道歉的，一點想欺負你們的意思也沒有。你們快睡吧，今晚我躺在這裡為你們站崗。

可那群雞不知道嘟嘟心裡在想什麼，嘟嘟趴在那裡他們就睜著眼睛不敢睡。後來這群雞實在是熬不住了，閉著眼睛打起了瞌睡，嘟嘟也開始發睏，也睡了。

第二天，是兩隻公雞報曉的聲音把嘟嘟弄醒了。幾隻母雞已經醒來，她們站在雞舍裡一邊用嘴巴自戀地梳理自己的羽毛，一邊帶著警戒看著嘟嘟。嘟嘟懶懶地站起來，打了一個長長的哈欠，兩條前腿拉了拉，伸了一個長長的懶腰，朝那些雞群看了一眼，又蜷回自己的窩裡睡大覺去了。

一群雞看見嘟嘟走了，緩過神來，咕咕咕地評論著什麼，歡天

喜地的等著主人來給他們餵玉米麵子，然後吃完玉米麵子又到處跑著撒歡去了。

母雞們開始主動接近嘟嘟了。跑到嘟嘟那間破屋子門口站著，咯咯咯吵鬧著，見吵不醒嘟嘟，又把兩隻公雞找來，一齊喔喔地叫。嘟嘟終於被他們弄醒了，睡眼惺忪地望著他們，似乎有些不太高興。幾隻母雞還在不懂事地咯咯咯地挑逗她，嘟嘟便故意在嗓子裡發出嗚嗚的聲音，一下子便把她們嚇得轟的一下散開去。過一會兒他們又跑過來挑逗嘟嘟，嘟嘟又這樣嚇他們，一來一去，這簡直就是在玩又開心又刺激的貓捉老鼠遊戲了。

這樣，嘟嘟便跟這群雞成了好朋友。每天他們都故意來挑逗嘟嘟和他們玩這樣的遊戲，然後每天晚上嘟嘟都會過去睡在雞舍前面，很耐心地聽母雞們叨咕白天的事情，直到她們叨咕得睜不開眼睛，全部都睡著了，嘟嘟才睡。嘟嘟很忠實地為他們站崗。要是發現什麼好吃的，雙方也很懂得相互謙讓。

嘟嘟現在成了這群雞的忠實保護者，雞群成天跟她形影不離。守護著這群雞，嘟嘟一下生出許多強烈的責任感，好像這些雞都成了她的孩子，自己便成了大黃狗媽媽。她和他們一起覓食，一起在陽光底下曬太陽。他們蹲在一邊，嘟嘟單獨躺在一邊，眼睛迷糊著看著他們，像一個和睦的大家庭。

有一天，那兩隻喜歡嚼舌的母雞慌慌張張地跑來跟嘟嘟咕咕咕地說了一大串，嘟嘟開始沒聽懂她們在說什麼，但看那兩隻母雞的神色不對，估計是出了什麼大事。嘟嘟就跟她們去看。她們又咕咕咕地跟她說了一大堆，嘟嘟差不多聽明白了。大約是說主人給他們餵的玉米麵子，他們沒捨得一下子吃完，留了一些準備下一頓吃，可這些玉米麵子全沒有了，他們誰都沒動過這些玉米麵子，不知道是被誰偷偷吃了。還有，他們明明是每天都下了蛋的，蛋也不知道怎麼不見了，主人還怪他們光吃黃豆不下蛋。他們想請嘟嘟幫他們把這個壞蛋揪出來。

3

在和雞群做鄰居之前，嘟嘟是不懂得母雞生蛋這回事情的。自從承擔保護雞群的安全，嘟嘟才知道這個雞的家庭跟她看見過的家庭是不一樣的。比如大黃狗媽媽和他們十一個兄弟姐妹，大黃狗媽媽是母親，他們十一個狗崽都是她的孩子。比如超超家，她和超超都是爸爸媽媽的孩子，超超的爸爸就是她的爸爸，超超的媽媽就是她的媽媽。只不過超超要背著書包去上學，而嘟嘟自己則去老爺爺家上「全托幼稚園」。但是大家在一起玩的時候都像朋友一樣。嘟嘟最記得一家人去山上摘栗子，她就用嘴巴「拎」著籃子，大家一起採了好多栗子回

來。

嘟嘟是這樣認識他們這個雞家庭的：兩隻公雞是這個家庭的爸爸，他們把頭一偏，脖子一硬，其他的雞就嚇得不敢出聲。這是他們最權威的肢體語言。兩隻愛嘮叨的母雞是這個家庭的媽媽，也很權威，兩隻公雞比較喜歡聽她們的意見，但是她們要是把兩隻公雞嘮叨煩了，這兩隻母雞也會吃上幾下公雞尖尖的硬嘴殼，啄得她們縮著脖子再也不敢吭氣，然後逃得遠遠的。她們被兩隻公雞啄了，就會把氣出在其他母雞身上，又去啄其他的母雞。嘟嘟最討厭這兩個「惡雞婆」。有兩隻母雞身材勻稱，體型毛色都很耐看，經常很臭美地互相梳理羽毛，她們深受兩隻公雞的寵愛，於是便成了那兩隻愛嘮叨的母雞的出氣筒。

與大黃狗媽媽不一樣的是，大黃狗媽媽慈愛、善良，還有些迷糊；而這兩隻母雞卻是精明、霸道，還善於發號施令。她們倆咯咯咯一叫喚，其他母雞便一窩蜂地聽從命令。嘟嘟不太明白其他母雞該是什麼角色？既不像孩子也不像姐妹，也搞不清楚是誰生了誰，誰又是誰生的。所以嘟嘟覺得他們的家庭怪怪的，分不清楚輩分。

嘟嘟還觀察到自己和雞群不一樣的地方：比如說他們只有兩條腿，而自己有四條腿，他們有翅膀，自己卻沒有；他們的叫聲跟自己是不一樣的，他們身上長的毛跟自己的也不一樣，還有，他們喜歡吃的東西和自己也不一樣。最重要的一點，他們只會拉屎不會撒尿。他們跟麻雀倒是有很多相似的地方，難怪會成為朋友。

嘟嘟不明白，麻雀和雞的眼睛為什麼要左邊長一隻右邊長一隻，兩隻眼睛隔著腦袋互不相望，左邊眼睛看左邊的東西，右邊眼睛看右邊的東西，那麼，前面的東西怎麼看呢？難怪他們總是會偏著脖子。

最最重要的還有一點：生蛋是母雞們的特殊任務，嘟嘟看見，除了最小的母雞和兩隻公雞以外，其他的母雞都會生蛋。她們生蛋的地方是固定的，各自蹲在自己的窩裡，生完了就「咯咯大，咯咯大」地使勁叫，像報告重大新聞一樣，聲音大得把樹上的麻雀都嚇飛了。主人把她們生的蛋取走以後，就單獨獎賞給她們一些黃豆。兩隻公雞跑過來想搶她們的黃豆，會被主人沉著臉，跺著腳把他們趕開。

所以嘟嘟得出了這樣的因果關係：生了雞蛋就吃黃豆，吃了黃豆就會生雞蛋，嘟嘟認為那些雞蛋是黃豆吃到她們肚子裡變出來的。所以，嘟嘟便曾試著偷偷去吃母雞們沒有啄乾淨的黃豆，可是卻沒有生

出雞蛋來，覺得很是奇怪。

嘟嘟終於明白了，生雞蛋是母雞們最重要的本事，而且，並不是所有的雞都可以生出雞蛋來的。比如說，公雞就不會生蛋。其實跟做狗的道理是一樣的，並不是所有的狗都會看家。比如說，那些嬌貴的寵物狗們就不會看家。

4

母雞們生下來的雞蛋居然會被偷吃了，這當然是不得了的大事情。到底是哪個壞蛋幹的呢？

於是，嘟嘟很爽快地答應了兩隻母雞的要求。她一定要想辦法幫她們捉住偷雞蛋的壞蛋！儘管她並不喜歡這兩隻惡母雞。

第二天，雞群又出外覓食去了，嘟嘟悄悄躲在雞舍旁邊的暗處，眼睛一動不動地盯著雞舍，盯了好一會兒都沒動靜，麻雀們停在綠蘿上，看著嘟嘟。

嘟嘟想，這些麻雀們說不定是看見了是誰偷了雞蛋和玉米麵子，他們可能都跟母雞們報告了，一定是連公雞也對付不了那個壞蛋才來找她幫忙。

過了一會兒，有動靜了！

有兩隻老鼠哧溜一下溜進了雞食盒裡，賊眉鼠眼地看了一下周圍，然後就開始吃裡面的玉米麵子。

嘟嘟沉住氣沒有驚動他們。兩隻老鼠吃飽之後跑到一個小水盒裡滾一圈，把自己身上打濕透，然後跑到雞食盒裡打滾，滾了一身的玉米麵子，就跑了，拖了一溜玉米麵的痕跡。

頭頂上的麻雀們嘰嘰喳喳地很著急，意思是怪嘟嘟怎麼不動手，

眼睜睜地讓這兩個壞傢伙跑掉了。

嘟嘟不是貓，阿黃媽媽沒有教過她捉老鼠的本領，當時她有些看呆了，不知道該怎樣對付這兩個壞蛋。

一會兒，又來了兩隻老鼠，和剛才那兩隻老鼠表演的方式一樣，又滾了一身玉米麵子。幾隻老鼠在雞食盒裡滾上幾圈，雞食盒裡的玉米麵子就少去了許多。

老鼠們的眼睛溜來溜去，嘀裡咕嚕亂轉，嘟嘟覺得他們是看見了自己的，卻裝著沒看見，一點也不害怕。

嘟嘟的腿不靈活，不可能一下子竄上去把老鼠們抓住，就汪汪叫了兩聲，這聲音似乎對老鼠

不構成什麼威脅，他們怕的是貓。嘟嘟的自尊心受到了傷害，她瘸著腿衝上去使勁地叫，兩隻老鼠便被嚇得溜走了。

與此同時，嘟嘟看見破牆根下有一隻麻貓，鄙夷地瞄了自己一眼，搖了搖傲慢的尾巴，箭一樣地竄出去消失了。嘟嘟很生氣，那隻野貓純粹是想看自己的笑話。嘟嘟暗自下決心，一定要抓一隻老鼠給那隻野貓看看！她朝著麻貓消失的地方汪汪吼了幾聲。吼完以後，嘟嘟發現，自己好久都沒有這樣吼過了，難道流浪狗都該沉默嗎？

玉米麵子是老鼠偷吃的，那麼雞蛋又是誰偷的呢？老鼠那麼點個頭，不可能偷走雞蛋吧？嘟嘟覺得這個案子還沒有徹底破案。

實際上，聰明的主人為了雞蛋的安全已經作了防範。雞窩壘得離地一尺多高，即使下大雨也不會被水淹掉，老鼠也爬不進去。母雞們每次要下蛋都會踮起腳尖熟練地蹦進雞窩裡，生完雞蛋再跳下來。

嘟嘟耐心地守候了幾天才發現動靜。

一隻老鼠吊住懸掛的綠蘿，悠閒地蕩起秋千，玩得很投入。突然之間，那隻老鼠一撒手扔開綠蘿就躍進了雞窩裡，他在雞窩裡停留了一會兒，出來的時候肚皮上抱著一個雞蛋，他反過身來往下一跳，背著地，雞蛋在老鼠的肚皮上來了個「軟著陸」，一點也沒有損傷。

好精靈的老鼠！嘟嘟眼睛都定住了，暗自佩服老鼠的聰明。然後雞窩下面有另外的老鼠接應，另一隻老鼠咬著那隻抱著雞蛋的老鼠的尾巴，像拖滑板車一樣往回拖。

嘟嘟汪汪大叫兩聲，那兩隻老鼠居然從容不迫地拖著雞蛋繼續往前跑，沒有絲毫的驚慌。

嘟嘟大怒，竄上去，往拖雞蛋的那隻老鼠身上踩去，那隻老鼠一閃身，踩偏了，踩住了他的尾巴。抱雞蛋的老鼠扔了雞蛋，打個翻身哧溜就竄走了。嘟嘟見雞蛋滾出去老遠，一愣神，那隻被踩住尾巴的老鼠也趁機掙脫溜掉了。

牆根下的麻貓拖出長長「喵——」的一聲嘲笑，箭一般地又消失了。嘟嘟的自尊心受到強烈的打擊，直在心頭罵自己是個大笨蛋！太無用了，連小小的老鼠都對付不了，還被這隻麻貓嘲笑！

老鼠跑掉以後，雞群才圍了過來，他們看見滾落在地上的雞蛋不知道怎麼回事，好好的雞蛋怎麼會跑到雞窩外面來了。好在頂棚上的麻雀們看見了所發生的一切，他們碎著小嗓子在母雞們的耳朵邊喳喳喳說了好一會兒話，母雞們完全聽懂了，一起用誇讚的聲音咯咯咯地圍著嘟嘟叫。嘟嘟反倒是很不好意思。

嘟嘟畢竟是聰明的，她不知道用了什麼方式，把雞群召集起來開了一個會，把智取老鼠的方案讓

雞群完全弄明白了。而且，麻雀也願意與他們合作。然後分頭去準備。

雞群還是每天出去覓食，但是耳朵卻隨時聽著雞舍這邊的動靜。嘟嘟裝著打瞌睡的樣子躺在一邊曬太陽，很慵懶，實際上她的耳朵卻豎得老高。所有的一切都是平靜而毫無戒備的樣子。麻雀們鬧喳喳地飛來飛去，可是他們卻警惕地觀察著視線範圍裡的一切，只要老鼠一出現，他們就會發出特殊信號……

老鼠終於出現了，他們又是來偷雞蛋的。

麻雀們發出嘰嘰的聲音，像是被誰卡住了脖子——這就是信號，是麻雀們在學老鼠叫。

嘟嘟依然裝著在睡覺，但是她的耳朵卻微微顫動。

老鼠們這次很機警，裝著捉迷藏一樣穿來穿去，還故意翻跟頭。實際上他們的眼睛嘰哩咕嚕亂轉，一直在觀察周圍的動靜——麻貓今天不在，雞群在一個陰涼角落裡覓食，兩隻公雞還打著瞌睡，狗也在睡覺……啊，真是一個下手的好時機！

一隻老鼠吊著綠蘿開始蕩秋千了，有兩隻老鼠在雞窩下面一邊把風一邊準備接應他，就等著那位同伴抱著雞蛋背朝地的跳下來，他們就會拖著他往回跑……

一切都是那麼有備而來，訓練有素。

那隻老鼠嫺熟地蕩著秋千，簡直就像在遊樂場裡面玩遊戲。然後，他蕩進了雞窩。可是，就在他剛躍進雞窩的一剎那，埋伏在雞窩裡的一隻小母雞突然撲騰起來，把準備偷雞蛋的老鼠摔了出來！雞

窩底下的兩隻老鼠簡直毫無準備，沒有想到他們的同伴今天怎麼「得手」如此之快，幾秒鐘就「背著地」了。

就在他們一愣神的瞬間，兩隻公雞扇著翅膀從兩個方向衝過來，幾乎是從天而降，像老鷹撲小雞一樣撲向他們，嚇得三隻老鼠抱頭鼠竄。

母雞們在那兩隻「惡母雞」的指揮下圍上來一齊堵住老鼠的退路，嘟嘟吼叫著咬住一隻老鼠，使勁晃了幾下頭，將老鼠摔出去好遠。然後又回頭來對付第二隻準備逃跑的老鼠，那隻老鼠被嘟嘟踩住了尾巴，使勁掙扎也沒有掙脫，情急之下，居然反過頭來咬斷自己的尾巴逃掉了！

就在嘟嘟對付這兩隻老鼠的時候，另外一隻老鼠早已經趁機跑了。

在清理戰場的時候，那隻被嘟嘟咬過一口摔出去老遠的老鼠已經奄奄一息，嘟嘟補上一腳，他便一命嗚呼了。

嘟嘟回頭一看，牆角那邊，那隻麻貓不知道什麼時候來的，正在啃一隻老鼠，嘟嘟判斷，他啃的就是剛才那隻逃跑的老鼠。麻貓吃得很入神，沒有發現嘟嘟在看著他。麻貓吃完後，舔舔嘴巴，很滿足地揚長而去。

嘟嘟氣得牙癢癢！心裡罵道：只會看笑話撿便宜的賴皮，簡直就

是一隻壞貓！她朝麻貓的背影汪汪叫了幾聲。

完全是大獲全勝！雞們和麻雀們歡呼共同取得的勝利！大家互相追逐，打鬧，瘋成一團。麻雀們把勝利的捷報傳遍了天空。兩隻公雞像戰鬥機一樣展開翅膀滿地撲騰，昂著脖子引吭高歌，喔喔喔地高唱凱旋之歌。那兩隻愛嚼舌根的母雞尤其興奮，因為是她們向嘟嘟報告的案情啊，當然功勞是最大的。

嘟嘟雖是食肉動物，但她是不會吃這隻老鼠的。她咬住老鼠的屍體，將她扔在偷雞蛋的雞窩底下，暴屍！

看這些壞蛋們誰還敢來偷雞蛋！嘟嘟憋足一泡尿，邊走邊撒，用她的狗尿畫了一個大圈圈，讓那些老鼠聞著她的尿味不敢進入她的地盤。

從此以後，嘟嘟的任務更重了，晚上要給雞們站崗，白天還要守住雞食盒和雞窩，不讓老鼠們有鑽空子的機會，雖然老鼠們暫時是不敢來了，可是嘟嘟一點也不敢怠慢，很忠實地盡著自己的職責。為此，嘟嘟贏得了高度的信任和尊重。同時，每天有這麼重要的工作，嘟嘟也非常有成就感。雞群需要她。

5

一隻大母雞和一隻小母雞要做媽媽了。嘟嘟不知道母雞們做媽媽也是很特別的，那真是一個好漫長的過程。

剛開始嘟嘟是不知道母雞們的祕密。

有兩隻母雞突然之間變得煩躁不安，臉色蒼白，整天蓬鬆著羽毛咕咕咕咕地叫。那隻大母雞的體型原本就是蓬鬆的，變化還不太大，但是那隻愛臭美的小母雞就變得太沒有形象了，簡直就像一個披頭散髮不梳頭的瘋婆子。

主人很生氣她們兩個成天叫喚，還老占著雞窩不下蛋，就從她們

的翅膀上各扯下一根羽毛把她們的鼻子眼對穿起來，兩隻母雞鼻子不通氣，果然就不怎麼叫喚了。主人是想讓她們繼續下蛋，因為做了雞媽媽就下不了蛋了。可她們還是不下蛋。還是待在雞窩裡不願意出來。一副委屈而又偏執的表情。主人拗不過她們，只好放了幾個雞蛋在她們的雞窩裡，把她們鼻子上的羽毛解開，讓她們孵蛋。總不能剝奪她們做母親的權利吧。

兩隻要做母親的母雞於是很安靜地趴在雞窩裡，幾乎不吃不喝。兩隻公雞很男子漢地呵護著她們。

嘟嘟起先還以為兩隻母雞是不是生病了，見她們不吃不喝的很為她們擔心，後來看見她們每天都好好的趴在雞窩裡，很幸福很安靜的樣子，也就習慣了。

二十多天過去了，兩隻母雞分別帶著她們的孩子出來了。啊，雞窩裡的那些雞蛋全變成了小雞，原來母雞是這樣做媽媽的。真是太奇妙了！

麻雀們叼來好多小蟲子給小雞們吃，這是他們送給小雞們的禮物，祝賀兩隻母雞當上了媽媽。比麻雀大不了多少的小雞們毛茸茸的很可愛，他們不用吃奶就開始自己吃玉米粉，真是太了不起了。嘟嘟很喜歡聽他們那種嫩聲嫩氣的唧唧唧唧的叫聲，這種聲音會讓她耳朵癢酥酥的很舒服。

嘟嘟不明白孵出來的小雞該叫那兩隻大公雞什麼？是叫爸爸還是爺爺？因為那兩隻當了媽媽的母雞的年齡看起來就像母女。

兩隻公雞做了爸爸，抖足了精神半夜三更都在打鳴，惹得周圍的

公雞在黑夜裡叫成一片，把月亮都嚇醒了。嘟嘟也很興奮，朝著被吵醒的月亮也汪汪叫幾聲。

秋日的陽光漸漸把綠蘿染成了紅色，一群嫩黃色的小雞在陽光裡，在媽媽們的呵護下嬌滴滴地覓食，好溫馨的一個大家庭。嘟嘟的心裡有一種很溫暖的東西在流淌。眼睛看上去

潮乎乎的。這樣的情景讓嘟嘟又想起她的阿黃媽媽，還有那些把她擠到一邊去的兄弟姐妹們，還有超超他們一家……

6

一場大雪把這片垃圾場裝扮得很美麗，一片雪白。那是一種冰冷而寂靜的美麗。

雞群已經被主人轉移到室內的雞圈裡去了。他們的主人還會在雞圈裡為他們點上一隻大燈泡，又明亮又暖和。像這樣的天氣他們會聚在一起，吃著主人添加的美味食品，根本不會出來。這樣的日子，就是他們的節日。

嘟嘟的狗窩是冰冷的，只是比外面要暖和一些。她更願意待在窩裡不出來，但是肚子已經嘰哩咕嚕叫得很難受了，嘟嘟只得出來找吃

的。

她跛著腳，踩出不太均匀的梅花腳印。呼出來的熱氣也在顫抖。麻雀們不知道藏到哪裡避寒去了，看不見他們的蹤跡也聽不見他們的叫聲。

所有的東西都凍得僵硬。比骨頭還要硬。好容易才找到一點可以吞進肚子裡的東西。

嘟嘟發現陰溝的蓋板縫裡有動靜，啊，是一隻老鼠的小眼睛在發光。那是一雙飢寒交迫的眼睛，嘟嘟不忍心嚇唬他。一會兒，那隻老鼠戰戰兢兢地爬了出來，他又冷又餓，是出來找東西吃的。嘟嘟故意裝著沒看見。那隻老鼠看見了嘟嘟，嚇得連忙鑽進水溝裡去了。嘟嘟覺得他挺可憐，把剛才找到的一點吃的放在水溝旁邊，她知道那隻老

鼠一出來就會看見這些食物的。

嘟嘟看了看這片讓她棲身了這麼長時間的垃圾場，有些感慨，又有些留戀。大雪掩蓋了雞群幸福的歡聲笑語，一切都是那麼安靜。

嘟嘟抬起頭，望了望慘澹的天空，連太陽也被凍得不敢出來了。一縷憂傷劃過心頭，渾身都有些疼痛。終於，嘟嘟轉過身，很堅定地走了。雪地裡留下一串

孤獨的腳印。那是一隻流浪狗的腳印。腳印是瘸的。

一路上，嘟嘟看見幾隻穿著棉背心的寵物狗，跑在主人的前面，鼻子有些酸，但是她卻沒有停下腳步，連眼皮也沒有抬一下。

第三部 新主人、舊主人

1

「葉兒，葉兒。快趁熱把藥渣拿去倒了。」

「好的，爺爺，我就去。」

初春的陽光照進一戶人家的屋子，屋子裡彌漫著濃濃的中藥味兒。那個叫葉兒的小男孩正在逗他餵養的小烏龜。

爺爺從一個黑乎乎的中藥罐子裡把藥渣抓出來，放在塑膠袋裡。他總是要趁熱就把這些藥渣拿去扔掉，說是不要把過多的藥味留在家裡，裡面帶著病氣，釋放在家裡不吉利。

「葉兒，記住把藥渣撒開一些，讓過路的人踩走你的病氣，你的咳嗽就會好得快一點。」

每次出去倒藥渣，爺爺都會這樣囑咐葉兒。

葉兒長得瘦瘦的，看上去身體不太好，但是他沒有其他毛病，就是不愛吃飯，老愛咳嗽。一咳嗽，爺爺就會給他煨大罐子中藥，哄著他喝下去。那些中藥喝下去，咳嗽倒是會好一些，但是看見飯菜就沒胃口。

葉兒拎著藥渣下樓，一邊走一邊咳，把樓梯間都震響了。葉兒不聽爺爺的，他不願意把藥渣倒在路上，不想讓別人踩了他的病氣也像他那樣咳嗽，咳得連胸口都疼。

葉兒把藥渣拎到一個垃圾堆，嘩一下甩出去，藥渣撒得到處都是。還是讓老鼠們踩了我的病氣咳嗽去吧！葉兒心裡說。

葉兒住的房間一打開窗戶就對著剛才那個垃圾堆。扔完垃圾葉兒喜歡趴在窗戶上往垃圾堆看，他希望那些老鼠來把他撒的藥渣吃下去，照爺爺說的那樣，把他的病傳給老鼠，他就不會咳嗽了。葉兒的視力無比的好，再遠再小的東西他也能看得清楚。

但是一直沒有老鼠來吃他扔的藥渣。

一條流浪狗走進葉兒的視線，東翻翻，西嗅嗅，然後朝那些藥渣上嗅。那條狗是個瘸子，渾身髒兮兮的。

啊，你千萬不要吃那些藥渣，那是我為老鼠們準備的。葉兒在心裡說。

好在那條流浪狗沒有吃那些藥渣，只是嗅嗅而已。

可憐的流浪狗，怎麼看起來比我還要瘦，葉兒在心裡又說。

後來，葉兒去扔垃圾的時候，有時候會順便帶去一些吃的，比如半個饅頭，或者一小袋骨頭。這些吃食是葉兒給這條瘦骨嶙峋的流浪狗準備的。

這條流浪狗就是嘟嘟。她瘦得已經沒有資格叫嘟嘟了，但我們暫時還是只能叫她嘟嘟。在來到這個垃圾堆以前，她已經不知道待過多少個垃圾堆了。

葉兒給嘟嘟帶來吃的，嘟嘟每次都要呆呆地看著他，因為這個小男孩讓她想起了超超。嘟嘟每次都這麼看著葉兒，葉兒也開始觀察嘟嘟了。是嘟嘟那種若有所思的眼神讓葉兒開始注意她的。葉兒很同情她，覺得這條流浪狗總是在想著什麼心事。如果不是嘟嘟渾身顫抖背上還掉了一塊毛，葉兒就很想把嘟嘟帶回家。爺爺肯定不准他把一隻生病的流浪狗帶回家。

嘟嘟並沒有理所當然地接受葉兒給她帶來的這些特殊食物。她常常用一種感激的眼光望著葉兒，要等葉兒轉身走了以後才慢慢去吃那些東西。她通常吃得很慢，因為她一邊吃，一邊會想起超超給她吃東西的情景。這令她又幸福又憂傷。

嘟嘟決定在這個垃圾堆待下去，因為可以看見葉兒。慢慢地，嘟嘟習慣了葉兒每次的到來，只要哪一天沒有看見葉兒，嘟嘟便會六神無主。她並不是惦記葉兒為她帶來的那些食物，而是每天都想看見這個跟超超差不多一樣大的小男孩。

葉兒是個孤獨、不愛說話的孩子。他剛會說話的時候，爸爸媽媽就離婚了，都不要他，把他丟給了爺爺。從某種意義上說，葉兒就是

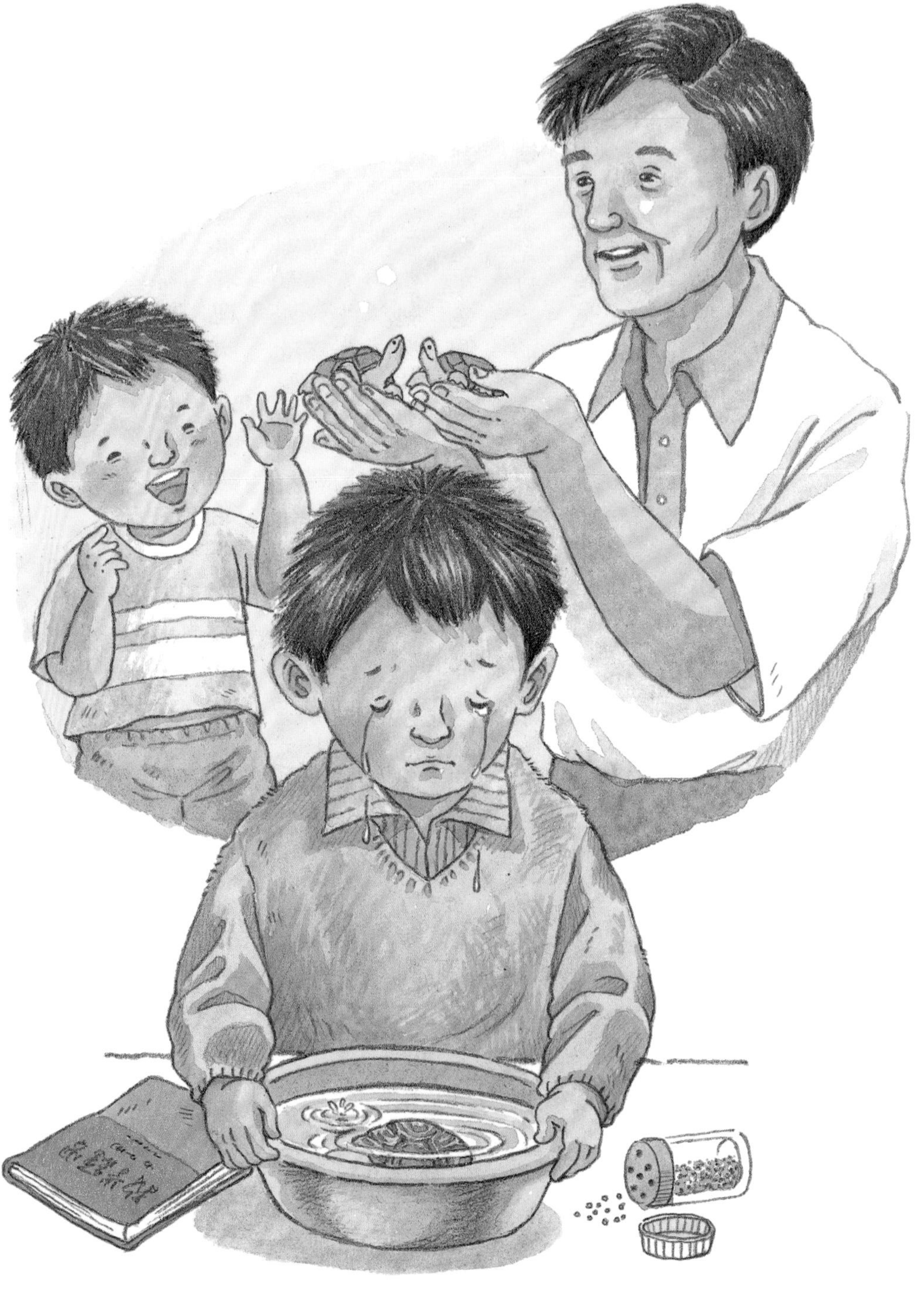

一隻小流浪狗，像一片飄零的葉子。是爺爺收留了他。

葉兒的小烏龜是兩年前爸爸來看他的時候送給他的，買的時候是一對，有一隻一年以前死了，葉兒好怕這隻烏龜沒有了夥伴也會死去，可是牠卻一直活到現在。葉兒每天都要花點時間陪著他的小烏龜，很怕牠像自己一樣寂寞。

別看小烏龜不會說話，只要葉兒一走近牠，牠便會伸出頭來，睜著小眼睛看著葉兒。那雙小眼睛靈氣著呢。但如果是爺爺走近牠，牠就縮著脖子睡牠的覺，一點反應也沒有。

以前葉兒一看見小烏龜就會想起爸爸，跟小烏龜在一起就好像跟爸爸在一起。現在已經沒有這樣的感覺了。小烏龜就是小烏龜，就只是他的夥伴。

小烏龜吃的龜食是葉兒賣廢礦泉水瓶子換來的。葉兒家從來不買礦泉水，爺爺說那麼一點水為什麼要裝在那麼好的瓶子裡喝？真是又花錢又浪費。不就是喝水嗎？哪裡有那麼多的講究。

但是葉兒的房間裡堆著好多空礦泉水瓶子。都是葉兒用腳「踢」回家來的。

葉兒知道一個礦泉水瓶子可以賣一毛五分錢，賣十個礦泉水瓶子就可以換來一包龜食，所以他一直在攢礦泉水瓶子。當然葉兒不會專門彎腰去撿那些礦泉水瓶子，更不會到垃圾箱裡去翻，那樣做多沒面子。

葉兒會在走路的時候留心地上有沒有礦泉水瓶子，碰上比較乾淨的瓶子他就會邊踢邊走，誰都看不出他是在想要那只瓶子，只不過是在玩一種小孩子都愛玩的無聊遊戲。葉兒把礦泉水瓶子踢到一個人也沒有的地方，才會趕緊把瓶子撿起來放進書包裡。

葉兒倒是很想買一種二十塊錢一包的龜食餵他的小烏龜，是補鈣的，他們班養小烏龜的同學都是買那種高級龜食，烏龜吃了那種龜食背殼就會長得很堅硬。葉兒的烏龜背殼有些發軟，他很想給他的烏龜餵那種高級龜食，好讓他的烏龜背殼也長得硬硬的，但是那得需要很多錢。葉兒買不起。

不過葉兒很會想辦法的，他經常把他的小烏龜端到窗戶底下曬太陽，陽光就是很好的補鈣方式呀，這個常識葉兒是知道的。

葉兒不願意有人知道他沒有零用錢，不想讓人知道他的小烏龜需要他撿礦泉水瓶子來供養，所以他總是喜歡一個人獨自走。

但是有一天葉兒再也不需要把礦泉水瓶子撿回來了，他的小烏龜死了。

2

葉兒發現小烏龜死了的時候，盆子裡的水都臭了，連龜殼都泡軟了。那幾天葉兒忙著應付一次階段性測驗，沒有時間照顧小烏龜，等他想起來餵食的時候，小烏龜已經死了。按理來說，烏龜是很禁得起餓的，幾天不餵食也不至於餓死，葉兒認為小烏龜是因為缺鈣而死去的，要是給他的小烏龜餵那種高級龜食就不會死掉了。

葉兒很傷心，眼淚啪嗒啪嗒掉在碗裡，一口飯也吃不下去。

爺爺說：「別哭了，不就是一隻小烏龜嗎？等你爸爸下次來看你的時候，再讓他給你買一隻。」

葉兒的眼淚流得更快了，爸爸已經是一個遙遠的概念了，爸爸的樣子他都快要忘記了。爺爺這樣的勸慰反倒使葉兒更加傷心。

葉兒把小烏龜放在一個舊文具盒裡，拿到垃圾堆旁邊的一棵樹底下，刨了一個坑，把小烏龜葬在那裡。第一隻小烏龜死去的時候，是爺爺拿去處理的。爺爺把小烏龜裝在一個塑膠袋裡，掛在這棵樹的樹杈上，說是小烏龜的靈魂可以升天，葉兒不相信，第二天偷偷去看，塑膠袋已經不見了，葉兒估計是野貓叼走了小烏龜的屍體，可爺爺卻哄他說小烏龜已經升天了。現在這隻小烏龜死了，葉兒就決定把牠埋到地底下。讓牠入土為安。

嘟嘟在一旁默默地看著傷心的葉兒，不知道該怎樣安慰他。

葉兒看著流浪狗嘟嘟，很想說些什麼。嘟嘟也很想知道葉兒為什麼要傷心，嘟嘟已經有好久沒有聽見人跟她說話了，她是聽得懂人話的。

但是葉兒什麼也沒說。嘟嘟只好走開了。實際上，嘟嘟能感覺得到，有一雙眼睛一直在遠遠的地方看著她，那雙眼睛的主人就是葉兒。

然後，嘟嘟好多天都沒有看見葉兒。當嘟嘟準備離開這片垃圾堆的時候，葉兒終於又出現了，如果嘟嘟會記數的話，她已經整整七天沒有見著葉兒了。

葉兒居然給嘟嘟帶來一個狗鈴鐺，繫在她的脖子上。

葉兒很認真地對嘟嘟說：「我叫葉兒，我不知道你有沒有名字，以後我就叫你『丟丟』吧，我想把你帶回家，可爺爺是不會同意的。

我們住的地方實在太擠了，沒有地方給你住。但是，戴上這個鈴鐺，今後你就是我的狗了。」

是的，葉兒需要一個夥伴。
需要有一個夥伴把自己從寂寞中解救出來。

嘟嘟在心裡接受了「丟丟」這個名字，她想，以後她就是丟丟了，葉兒就是她的新主人。

所以，從現在開始，我們就該把嘟嘟改成丟丟了。

「丟丟，看，我給你帶來了一些骨頭，吃吧。」於是丟丟就默默地去吃那些骨頭。丟丟是頭一回當著葉兒的面去啃那些骨頭。啃得很慢，她是想讓葉兒多在這裡待一會兒。

「丟丟，其實我差不多和你是一樣的，我沒有爸爸媽媽。爸爸媽媽離婚不要我了，我只能跟著爺爺。」

丟丟聽不懂什麼叫離婚，但她知道什麼叫沒有爸爸媽媽。看著葉兒憂傷的樣子，丟丟就停止啃骨頭，用溫和的眼睛看著他。

「前幾天我媽媽來了，接我去她那裡住了幾天，所以我就沒來看你。」

丟丟似乎聽懂了，又埋下頭慢慢地啃骨頭。

「我再也不去我媽那裡了，一點也不自在。我還是願意跟爺爺住一起，可以天天來看你。我的小烏龜死了，以後我和你就是朋友。」

丟丟感激而又同情地望著葉兒。她很想有這樣一個可以跟她說話的好朋友。

「好吧丟丟，我天天都會來看你的。我走了。」

丟丟站在那裡，看著葉兒走遠。

從此，葉兒每天去上學的時候都要故意從那個垃圾堆面前經過，只要看見丟丟一眼，他就可以放心地去上學了。放學回來他也要去看看丟丟。

有了丟丟，葉兒不再寂寞。

丟丟非常懂事，在葉兒上學和放學這兩個時間裡，她一定乖乖地待在垃圾堆旁邊，哪裡都不會去，丟丟怕葉兒看不見她為她擔心，她也怕看不見葉兒為葉兒擔心。葉兒和丟丟之間的牽掛真是心有靈犀。

有時候葉兒會看見一些過路的狗欺負丟丟，葉兒就撿起石頭把牠們砸開。一邊砸還一邊罵著從學校裡學來的髒話。

葉兒又開始在路上踢瓶子了。因為丟丟懷孕了，需要吃的。葉兒小時候養過狗，知道丟丟要當媽媽了不能餓著肚子。葉兒用賣礦泉水瓶子的錢給丟丟買包子。一個小包子一毛五分錢，需要一個礦泉水瓶子，但是一個小包子扔給丟丟，給她塞牙縫都不夠。能夠從家裡面拿給丟丟的吃食也是很有限的，還不能讓爺爺知道。爺爺要是知道他省下東西不吃拿去餵狗，肯定要罵個不停。葉兒現在已經顧不得臉面了，看見地上有可以變成錢的東西他都會踢，踢一會兒就撿起來裝書包裡，積攢上一點就趕緊拿去賣掉換成錢。以前小烏龜要很長時間才會吃掉一包龜食，瓶子可以慢慢攢，現在丟丟哪裡等得及啊。葉兒作夢都夢見好多滾得一地的礦泉水瓶子。

丟丟也發現自己的身體有了一些異樣，她的肚子越來越大，變得脹鼓鼓的。丟丟心裡十分緊張，還以為自己又是得了什麼病。葉兒在每天為她帶來吃食的時候都會跟她說：「丟丟，恭喜你要做媽媽了，以前我家的黑狗就是像你這樣的。她的肚皮比你的還要大。」

丟丟不好意思地看著葉兒。

「等你生下了小狗崽，可一定要讓我抱走一隻啊。」葉兒又說。

丟丟看著葉兒，意思是說，當然沒問題，我的孩子就是你的孩子呀。

葉兒說：「丟丟，我要想辦法攢錢，給你買好吃的。」

3

葉兒現在成天想著的就是丟丟，就是礦泉水瓶子，有了一種實實在在的牽掛，心裡也就不再孤獨。

機會終於來了！學校要開運動會，要開兩天的運動會。

葉兒知道，同學們去看運動會都是要帶礦泉水的，這下該有多少礦泉水瓶子好撿啊！

葉兒身體不好，什麼比賽項目都沒有參加，老師讓他參加後勤服務工作，為參加比賽的同學抱衣服、送水。葉兒跟老師說，我還可以負責環境衛生。老師誇獎葉兒熱心為班級服務，想得很周到。

運動會那天，葉兒往自己的書包裡裝了五個大塑膠袋，他想今天一定是滿載而歸了。而且他今天可以很體面地見著瓶子彎下腰就撿，不用扭扭捏捏地拿腳去踢半天，這可是相當於志願者的工作啊！是自豪而光榮的。

看臺上到處都是拿礦泉水和飲料瓶的同學，但是地上扔的空瓶子並不是想像的那麼多。葉兒看見有學校請來的幾個穿黃背心的清潔員也在撿空瓶子，就顧不上班上的後勤服務工作了，跟清潔員們展開了競爭，埋頭用心搜索地上的空瓶子。每撿到一隻空瓶子，就像撿了一個小包子。心裡高興得不得了。

葉兒看見那些為運動員準備的整箱整箱的礦泉水，巴不得他們全喝空了快把空瓶子都給他。

最後還是不錯的，撿了滿滿的兩個袋子，葉兒把空瓶子拿到廢品收購站去賣了才回家。差不多賣了五塊錢。

葉兒回家的時候天已經有些晚了，看到丟丟在垃圾堆眼巴巴地等他，很感動：「丟丟，你有吃的了！明天我給你買兩個大包子。」兩個大包子一塊錢，要七個空瓶子才換得來呢！平時葉兒一天也不可能撿到七個礦泉水瓶子。

爺爺問葉兒為什麼回來這麼晚，葉兒說今天該他打掃環境。

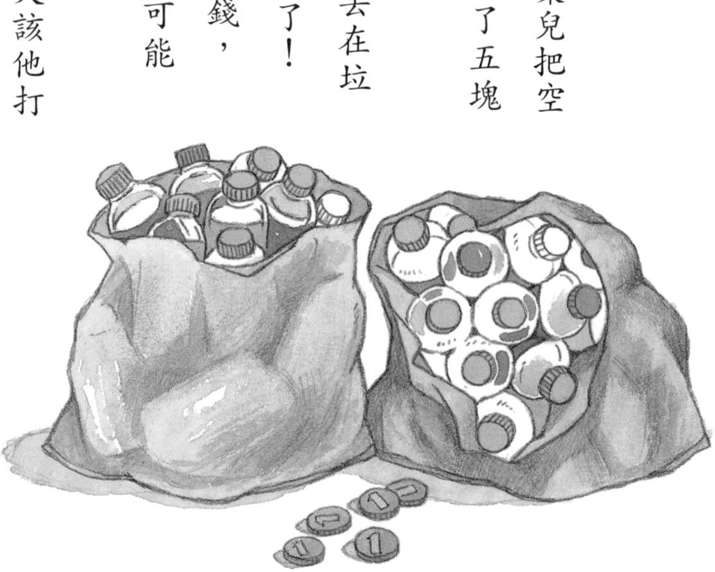

第二天葉兒又在運動會上撿空瓶子，沒有昨天那麼多，賣了三塊

多錢。這兩天的收穫讓葉兒興奮不已，美味的三鮮包子讓丟丟高興得直搖尾巴。

葉兒的積極表現還獲得老師在班上的公開表揚，幸虧沒有人看見他把那些撿來的瓶子悄悄拿去賣給廢品收購站，要不然班上的同學還不知道會怎麼看他呢。

葉兒把頭埋得很低，大家還以為他是受了表揚不好意思。

那段時間，葉兒的心思就在丟丟身上，他生怕丟丟沒有吃的餓了肚皮。而解決這個問題的辦法就是要積攢零用錢。葉兒是沒有零用錢的，爺爺說，小孩子一天三頓吃飽就行了，拿零用錢來幹什麼？原本葉兒也認為爺爺說的沒錯，可是自從養了丟丟，葉兒就覺得零用錢的意義太重大了。

葉兒為掙錢的事情犯了一次錯。

班上的張超跟葉兒是從幼稚園到現在的同學，雖然並不是無話不說的朋友，但是關係很密切，有什麼事互相都很能幫忙。

那天該張超做值日生，張超偷懶藉口家裡有事情，想請葉兒替他做值日生。張超在班上跟葉兒關係挺好的。葉兒以前也替他做過值日生。

但是這一次葉兒卻答應得不是那麼爽快，葉兒跟張超談了一個條件，他說：「幫你打掃可以，但是你要給我兩塊錢。」張超沒有想到葉兒居然會跟他提出這樣的條件，但是想到葉兒以前也幫他做過幾次值日生，就答應了。張超說：「我今天沒有帶錢，明天才能把錢給你。」葉兒說：「行。」

葉兒就幫張超做了值日生。

他們談條件的時候被其他同學聽見了，告到了班主任老師那裡去。第二天兩個人被班主任一起叫進了辦公室。老師把他們兩個都狠狠地罵了一頓。告訴他們每個人從小都應該熱愛勞動，絕對不允許以任何理由逃避做值日生，更不允許花錢去請別人幫忙做值日生……兩個人還被處罰共同做一遍第二天的值日生。

兩個人一起打掃教室的時候都不說話，張超不敢把兩塊錢給葉兒，葉兒也不敢向張超要那兩塊錢。

最後還是葉兒跟張超道明原委：「我收養了一隻流浪狗，她肚子裡有小狗了，需要吃的。我爺爺不給我零用錢，所以我才向你要兩塊錢。」

張超說：「你不會拿家裡的剩菜剩飯餵她嗎？」

葉兒說：「剩飯剩菜爺爺要吃，不可能拿出去的。」

張超說：「那你哪天帶我去看看你收養的狗。」

葉兒說好。

過了兩天，葉兒把張超帶來了。丟丟當時在垃圾

堆覓食，看見他們兩個，一下子就呆在那裡了。

天啊！怎麼是超超！

被帶來的張超盯著丟丟看了半天，一點也不厭惡這隻流浪狗。張超似乎想起了什麼。是丟丟的兩隻眉頭上各有一點深棕色的毛，看起來是眉頭緊鎖呈思考狀態。但是張超沒有做出過多的反應。

是的，就是超超。只是他已經長高了一些。丟丟在心裡已經確定了。

但是，丟丟在認出超超的那一瞬間就把目光收回來了，她不想引起超超的注意。她不想讓超超知道自己就是他的嘟嘟。儘管她一直都在想念他。

「張超，你看，這就是我收留的那隻流浪狗。她叫丟丟。她就要做媽媽了。等她生下狗崽，我抱一隻給你。」

「太好了！可惜我養的那隻狗走丟了，要不然她也會做媽媽的。」

「你的狗叫什麼名字？」

「叫嘟嘟，小時候胖乎乎的，所以我們叫她嘟嘟。」

「她是怎麼走丟的？」葉兒問。

「嘟嘟生病了，我帶她去花園裡曬太陽，後來就不見了。」

「你找過她沒有？」

「到處都找過了。貼了那麼多尋狗啟事也沒找到。現在我一看到狗就會想起她。」

丟丟完全聽明白了兩個男孩子的對話。啊，超超，他沒有忘記我，就像我沒有忘記他一樣。丟丟眼睛裡流出淚水一樣的分泌物。她無法跟超超說，我就是你的嘟嘟啊。是的，不能說，即便超超認出了自己也不能承認自己是嘟嘟。所以丟丟便裝著心不在焉的樣子在地上刨來刨去。

「我的嘟嘟可比這隻狗漂亮多了。我一牽出去所有的人都要多看她幾眼。真是太可惜了。」超超說。

「其實丟丟也挺好的，可憐她生病了。你不知道她是多懂事的一隻狗啊。她每天都會在這裡等我，從來不亂跑。」葉兒說。

「我家嘟嘟也非常乖，很懂道理，還會打抱不平。有一回我把她帶到院子裡玩，有個小孩子作業沒做完被他媽媽打了，嘟嘟就朝著那個小孩子的媽媽使勁吼叫，叫得那個孩子的媽媽不敢再打他。」超超居然還記得清楚那件事情。丟丟心裡熱乎乎的。

兩個小男孩不知道，其實，他們說的嘟嘟和丟丟是同一隻狗，就是他們面前的這隻流浪狗。

「好吧，等你的丟丟生了小狗一定讓我來抱一隻啊。」超超說。

「沒問題，我們是好朋友嘛。」葉兒把左手掌舉起來和超超的右手掌擊在一起。

丟丟心想，自己的孩子將來會被這兩個善良的孩子領養，就覺得這日子過得非常有盼頭。

丟丟的肚子越來越大。過路的人都說這隻狗很快就要生了，有好多人已經打起了她肚子裡的狗崽的主意。有好心人也給丟丟帶來一些吃的。這反倒讓葉兒很擔心，他怕丟丟萬一被其他人帶走了怎麼辦。這樣一來，葉兒每天都提心吊膽的。葉兒希望丟丟只屬於他一個人。

葉兒依然每天都想辦法給丟丟送來一些吃的，他希望丟丟多吃點，好生出一窩胖狗崽。

4

葉兒對丟丟的安全越來越擔心，夜晚聽見下雨或者外面的狗叫他就會睡不著覺。還會夢見丟丟不見了突然醒來。爺爺說這孩子最近怎麼像丟了魂一樣。

有一天，葉兒在去學校的路上看見捕殺流浪狗的告示，說是最近連續發生了幾起流浪狗傷人的事件，為了維護社區的安全，社區委員會組織了一支捕狗隊，希望居民們積極提供線索。

葉兒看完告示，腦袋好像突然被猛擊了一棍，

無數的金星在他的腦子裡飛舞。葉兒在電視上看見過捕狗隊是怎麼打死流浪狗的。

一早上葉兒一點課都聽不進去，心裡想的全是丟丟。剛才來上學的時候葉兒還給了丟丟一個水煮雞蛋，那是葉兒省下來捨不得吃的早餐。丟丟就站在路邊看著他，那個地方實在太危險了，過路的人都知道丟丟是一條流浪狗。

上午最後一節課是體育課，葉兒跟老師說他咳嗽咳得厲害，醫生讓他請假不要上體育課。葉兒跑到垃圾堆那裡一看，不見丟丟，葉兒的心當時就掉進了深淵，腿一下子軟了。他冷靜了一下，看看四周有沒有追捕丟丟的痕跡，還好，一切都跟平時一樣正常。

葉兒站在那裡等了差不多一節課的時間。終於，他看見丟丟遠遠地向他走來。啊，丟丟，你真讓我急死了！

其實，丟丟是很守時的，只不過是葉兒提前了一節課的時間來這裡，所以沒有看見丟丟。

丟丟看見葉兒很驚慌的樣子，不知道發生了什麼事情。

「丟丟，你不能待在這裡了，太危險！快跟我回家吧，不管爺爺同不同意，我今天一定要把你帶回家去！」

丟丟不明白葉兒為什麼要這樣做。她不想跟葉兒回家。

「丟丟，快跟我回家吧，不跟我回家你會被打死的。」葉兒非常著急。

丟丟聽懂了葉兒的意思。不太情願地跟著葉兒往家走。

中午爺爺通常是不回來的，他要去茶館裡聽京戲。一塊錢一碗大茶，喝得成了一碗白開水，過足了癮才回來吃晌午飯。爺爺是一個京戲迷，他就這麼一點愛好。中午飯是葉兒自己隨便打發的，差不多都是自己煮麵條。

葉兒煮了一大碗麵條，撥了一大半放在一個舊搪瓷盆裡，給丟丟。丟丟受寵若驚，她的鼻子簡直受不了這種香味的刺激了，她客氣地遲疑了一會兒，緩慢地吃麵條。她肚子雖然很餓，卻夾著尾巴吃得很矜持。丟丟已經不習慣吃這樣熱騰騰香噴噴的東西了。看著丟丟的吃相，葉兒心裡很不好受。

丟丟實在太髒了，葉兒很想給她洗個澡，好讓丟丟給爺爺一個好印象。但是丟丟實在髒得讓葉兒無從下手。葉兒不知道怎麼才能把她洗乾淨。時間已經不早了，等下午放了學回來再說吧。

葉兒把丟丟帶進廁所裡：「丟丟，只有委屈你在這裡了。一會兒爺爺回來，無論他說什麼你都不要出去，一定要等我放學回來！聽見沒有？」

「你看見爺爺可千萬別朝他咬啊，當心他把你攆出去。爺爺的脾氣不好，但他是個好人。」

丟丟很感動，默默做出一個聽懂了的表情。

葉兒不太放心地上學去了。

廁所又黑又窄，丟丟蜷在裡面占去了大半個空間。過了一會兒，覺得又無聊又疲倦，迷迷糊糊睡了。

爺爺回來了，當他推開門上廁所的時候，爺爺把丟丟嚇了一跳，丟丟也把爺爺嚇了一大跳。

「啊，哪裡來的狗，這麼髒！」爺爺打開廁所裡的燈。

丟丟把身子縮在角落裡，不敢吭氣。

「一定是葉兒把你弄來的是不是？」丟丟還是不出聲。

「好吧你先待著吧，等葉兒回來再說。」

丟丟心想，他就是葉兒的爺爺吧？也並不是葉兒所說的那麼可怕。爺爺的皺紋把臉上的皮膚分割得零零碎碎的，他的門牙缺了幾顆，剩下的幾顆長得很長。丟丟覺得他說話說得不是很清楚。

放了學，葉兒一路跑著回家，跑得直咳嗽。

「葉兒，你怎麼弄了隻狗回來？那麼髒，當心把傳染病帶回來。」一進門爺爺就說。

葉兒不顧爺爺的問話，趕緊先跑到廁所裡看丟丟在不在。啊，還好，爺爺沒有把丟丟趕出去。

「爺爺，把她留下好嗎？我求您了！」葉兒說。

「你還是從哪兒弄來的就弄回哪兒去吧！養條狗可不像養隻小烏龜那麼簡單，多大的麻煩事！還要去給他報戶口，打針。不知道要花多少錢。」

「爺爺，捕狗隊在找她，要把她打死的……她要生小狗了……她是我收留的……她叫丟丟……」葉兒前言不搭後語地說了一大串。爺爺有些聽不明白。

「你怎麼知道這麼多？」爺爺問。

「我在外面看見居委會貼的告示了，好多人都看見了。丟丟會被當成流浪狗打死的。」

「倒也是啊，流浪狗夠可憐的，也是條命啊。」

「是啊，爺爺，而且丟丟就要當媽媽了，我們應該把她保護起來。」

「不行，生在家裡誰給帶？」爺爺還是不鬆口。

「可是要是生在外面，她的小狗就會被別人抱走的。我想要小狗！」

「但是懷了孕的狗是不太好接近的，你要當心！」

「不，丟丟很好的，她早就是我的狗了，像好朋友一樣。只是我沒有把她帶回家。」葉兒說。

「你也別把爺爺想像得那麼凶。好吧好吧，就讓她在我們這裡避難吧。就當是我們做好事。」爺爺說。

「謝謝爺爺！」

「我就說你這段時間怎麼神祕兮兮的，原來是這樣。」爺爺又說。

丟丟聽見他們的對話，眼淚把眼睛打濕了。

「葉兒，去燒水，我們來給她洗個澡。你看她又髒又臭怎麼行？」爺爺說。

「好的爺爺，我去燒水！」

熱水燒好了，丟丟洗了個非常舒服的熱水澡。讓她想起第一次到超超家的時候洗的那個香噴噴的澡。這是她離開超超家以後第一次洗澡。丟丟的確髒得不像樣了，用了好多洗潔精，洗了好半天才洗完。把狹窄的廁所弄得一股腥臭。丟丟很是難為情。

洗完了，爺爺還給丟丟背上的瘡疤抹上藥膏，很疼，但是丟丟忍住一點聲也沒有吭。丟丟心裡充滿著一種感動，這種感動讓她鼻子酸酸的。

爺爺同意收留丟丟，讓葉兒非常高興，上學的時候他跟張超說，丟丟已經被他帶回家裡了。張超羨慕得要命，一個勁地跟葉兒說，等丟丟生了小狗一定要送他一隻。

葉兒把張超帶回家來看丟丟。丟丟看見超超就有一種忍不住的激動，但是她還是強忍著不讓超超把她認出來。即便有時候超超會給她帶來兩根火腿腸，丟丟也裝出若無其事的樣子不引起超超的注意。她聽見兩個孩子猜她肚子裡的孩子有幾隻。超超說有八隻，葉兒說可能只有六隻。超超說，如果真的有八隻的話，你就送我兩隻，你這裡養不了那麼多狗崽。葉兒說行。

超超還把那塊寫著「嘟嘟」名字的狗牌拿來送給了葉兒，他跟葉兒說這是嘟嘟原來的「居民身分證」，有了這塊牌子，葉兒就可以合法餵養丟丟了。丟丟想不到超超還把她的「身分證」保留到現在。丟丟心裡想，那塊狗牌現在送給葉兒正好派上用場，因為我就是原來的嘟嘟。

然而，丟丟並沒有覺得在葉兒家就這麼待下去是一件心安理得的事情。黑暗的房間彌漫著的中藥味讓她覺得心裡邊苦苦的。那種苦讓她感到有一種窒息的寂寞。丟丟無法知道葉兒撿礦泉水瓶子給她換吃的，無法知道葉兒為了掙來兩塊錢被老師罰做了值日生，她只是感覺到她給這個家帶來了一種負擔，她受不了這種壓力……有時候丟丟會望著外面嘩嘩的雨簾發呆好半天，誰也不知道她在想什麼。

狹窄的客廳裡有一面很舊的鏡子，丟丟知道裡面那隻醜陋的狗就是自己。很久以來丟丟無法看見自己，不知道自己長成什麼樣子了。以前她在超超家是經常照鏡子的，那時候的嘟嘟可比現在的丟丟漂亮多了，簡直就是完全不同的兩隻狗。難怪超超認不出自己來。

因為有了丟丟，遇上天氣不好的時候，爺爺這個京戲迷也不出去了，就自己泡杯茶在家放著錄音機聽京戲。爺爺有滿滿一抽屜的舊磁帶，唱的全是京戲。看見爺爺陶醉地瞇著眼睛晃著頭，腳打著拍子，三個乾巴手指頭在桌子上叩擊，丟丟覺得很不可思議。爺爺聽著聽著就睡著了，這種時候丟丟陪在一邊也打瞌睡。

丟丟希望爺爺打開電視機，讓她看看動畫片，但是爺爺很少看電視。只有等葉兒回來了，才可以跟著葉兒看一會兒。

爺爺喜歡哼一段《窮人的孩子早當家》：「提籃小賣，哎哎哎……拾煤渣，擔水劈柴也靠她，裡裡外外一把手，窮人的孩子早當家。栽什麼樹苗結什麼果，撒什麼種子開什麼花。」這一段丟丟聽懂了，

覺得唱的是一個苦孩子，而且那個苦孩子就是葉兒。

爺爺把這段唱詞唱得晃悠悠的，加上滴答滴答的雨聲，把丟丟的心弄得很不是個滋味兒，如果正趕上葉兒快放學的時候，她就會跑下樓去站在樓梯口接葉兒。葉兒說過不讓她下去，但是丟丟還是要去接。

有一天，丟丟又站在樓梯口接葉兒，突然有一張網從她頭頂上蓋過來……

丟丟帶著笨重的身體又撕又咬，終於掙脫開網子逃掉了，但是她沒有回葉兒家。

永遠也沒有人知道流浪狗心中的祕密，他們一旦決定流浪，就有一萬個到處流浪的理由。

在逃走的路上，丟丟看見一片圍牆上綠油油的綠蘿，還有幾隻覓食的雞和一群從她身邊飛過的麻雀，她想起了和雞群相處的那些日子。她在想，麻雀們看見了她，還能認出來嗎？他們會不會飛去跟雞群說呢？

5

丟丟突然失蹤了。葉兒發瘋一樣出去到處找，找了好多個垃圾堆，都沒有看到丟丟。

葉兒在心裡直怪是不是自己和爺爺怠慢了丟丟，讓丟丟受了委屈，才使丟丟離開的。

葉兒擔心在這個多雨的季節，丟丟能去哪裡藏身。

肯定是找不到丟丟了，日子在失望中一天天過去。但是有一天，丟丟突然又出現了，肚皮像個破口袋一樣奄拉著，身上佈滿了更多的傷痕，像生了一場大病一樣，身體顫抖得更加厲害，脖子上的鈴鐺也不見了。

「丟丟，你跑到哪裡去了？你不知道，我找你找得好苦啊！」葉兒望著丟丟說。

丟丟漠然地看著葉兒，沒有表情，似乎已經不認識葉兒了。但看得出，丟丟的內心有一種說不出的憂傷。

「丟丟，你做了媽媽沒有？你生的孩子呢？」葉兒又問。

丟丟依然那麼看著葉兒，滿眼睛的漠然。

「丟丟，你生的孩子是不是都被別人抱走了？你不是答應要讓我抱走一隻的嗎？你為什麼要躲開我？你說話不算數！」葉兒繼續追問。

丟丟不再看葉兒，彷彿很內疚，同時還有什麼痛苦不堪的心事，她埋著頭一陣亂刨。是啊，叫她如何跟葉兒解釋所發生的一切呢。

葉兒覺得丟丟太不夠意思了，簡直是背信棄義，哪裡是一隻好狗的秉性。好幾天見著丟丟都不說話。但是看著丟丟顫抖得越來越厲害的身子，葉兒十分心疼她，所以很快又不生丟丟的氣了。他覺得丟丟一定是遇到了什麼無法表達的難言之隱。

「丟丟，你還是跟我回家吧。」葉兒說。

丟丟不看葉兒，一副拒絕的表情，很堅決的樣子。

是啊，丟丟沒法告訴葉兒，她站在樓梯口等他的時候是怎麼遭到突然襲擊的，她又是怎樣逃生的。她不想連累葉兒，儘管葉兒對她那麼好。在她快要做媽媽的時候，她又犯了一次病，病得非常厲害。

然後在一堵破牆根底下，病中的她生下了四個孩子，但是丟丟沒有奶餵他們吃，一滴奶也沒有。天又連著下大雨，丟丟就眼睜睜地看著四個孩子挨餓受凍地一個一個死去了。丟丟難過極了，她以為自己會像她的孩子一樣也會死去，但是她卻又頑強地活了過來。

丟丟猶豫了很久，終於又回到了那個垃圾堆。她對不起葉兒，她想見到葉兒。總該給葉兒一個什麼交代。但是，她已經不可能再回到葉兒家了。

丟丟一天比一天顫抖得厲害，經常連站也站不住，就只好躺下。

躺下也在抽搐。想著自己真是苟且偷生地這樣得過且過，她心裡十分難過。丟丟心裡有一個願望，想讓葉兒把超超領來，她就可以再看看超超。但是自從丟丟回到這裡後，超超再也沒有出現過。

丟丟通常會在太陽很大的時候，找一塊乾燥的地方躺在垃圾堆旁邊的路上。在這個陰雨季節裡，陽光實在很寶貴，蒸騰的濕氣氤氳著，周圍的景物都在顫抖

中上升，濕熱的氣體包裹著丟丟，罩在身上暖洋洋的。這樣的感覺常常會讓丟丟想起很多事情來，從前的，現在的，將來的。想著想著就迷迷糊糊地睡著了。丟丟在陽光織成的鋪蓋裡睡覺。睡著了她就不顫抖了。

於是在這樣暖和的睡眠中她會作很多甜蜜的夢。比如夢見超超和葉兒一起給她過生日，買來生日蛋糕，還有好多香噴噴的狗糧，為她吹生日蠟燭；還有她生的小狗拱在她的身上吃奶，就像當年自己吃阿黃媽媽的奶一樣；還夢見葉兒和超超把她和她的孩子們一塊兒接到家裡，為他們洗澡，然後穿上好看的背心……有時候她會從夢中突然醒來，然後便開始激烈的顫抖。於是那種劇烈的顫抖，將所有美好的夢幻全部毀滅了。這時候，她非常想念她的孩子和超超。

孩子們是再也見不到了，但是她很想看見超超。這是她的最後一個願望，丟丟感覺到，自己離死亡越來越近了。

可是超超一直沒有出現。甚至，見到葉兒的次數也越來越少了。所以她已經不指望葉兒會把超超帶來了。

6

葉兒還是經常在他家的窗戶上看那片垃圾堆的，但是已經不太容易看見丟丟的影子，慢慢地，他也不去看了。

有一段時間，葉兒和超超因為丟丟的失蹤不講話了。

超超說：「你怎麼會讓丟丟跑了！連一條狗都看不好。」

葉兒說：「那麼，你們家的嘟嘟又是怎麼跑掉的呢？」

超超回答不出來。然後兩個人見了面誰也不理誰。

直到有一天，葉兒在放學的路上攔住超超，跟超超說：「我把你家嘟嘟的狗牌還給你吧，以後我不在這個學校上學了。」

超超問：「那麼你要去哪裡上學？」

葉兒說：「去廣州，我媽媽在那裡幫我找了一個學校。」

超超問：「你不是說你媽媽不要你了嗎？」

葉兒很生氣地說：「誰說我媽媽不要我了？你媽媽才不要你呢！」

葉兒把嘟嘟的狗牌扔在地上，頭也不回地走了。

超超很後悔剛才那麼問葉兒，這下，他是真的再也看不見葉兒了。

在離開這個生活了將近十年的地方之前，葉兒站在窗戶邊上看著那片垃圾堆，看了很久，但是丟丟沒有出現。爺爺知道葉兒還在想著丟丟。

在越來越見不到葉兒的日子裡，丟丟決定自己去找到超超。她在每一個垃圾場都會待上幾天，到一些她認為可能會碰見超超的地方去找超超。實際上，超超家住什麼地方她是記得的，但是丟丟流浪的時間太長了，離家的路也太遠了，她已經不知道去超超家該怎麼走了。只是，無論如何，超超也不會從丟丟的心裡消失，實際上，她並不想回到那個家。唯一希望的只是，找到一個可以經常看見超超的地方。

這是一個出楊梅的季節，滿街都是提著籃子賣楊梅的小販。丟丟看著楊梅就冒出口水，以前超超拿楊梅給她吃過。在楊梅上市的季節裡，同時出來的還有梔子花。賣梔子花的姑娘頭上繫一塊小方巾，手挽竹籃子，也不吆喝，靜靜地在街市上遊動。一籃子的梔子花把賣花

的姑娘熏得香噴噴的，連鼻尖上冒出的細汗也帶著香味。一個季節的梔子花把大街小巷熏得整個季節都是幽香的，連天上飄下的細雨也是幽香的。

丟丟牢記得這個季節，因為在她還是嘟嘟的時候，超超媽媽就喜歡把梔子花戴在她的頭上，於是她就是香噴噴的狗了。丟丟對梔子花的香味非常敏感。只要有一絲香味劃過她的鼻尖，就會令她想起那段難忘的幸福時光。

啊對了，在這個季節裡還有一個最重要的節日，叫端午節。丟丟知道這個節日是要吃粽子和鹹鴨蛋的，丟丟還記得粽子和鹹鴨蛋的味道。丟丟還享受過一次用中藥熬水洗的澡，超超媽媽說，洗了那種澡，身上不會長瘡也不會生蝨子。

丟丟在這個季節裡流浪，讓她想起好多甜美的往事，這些往事讓她心裡酸酸的，也讓她更加渴望看見超超。

是的，要趕緊找到一個可以看見超超的地方，丟丟覺得，照她目前的健康狀態，已經活不了多久了。

然而，這不是一件簡單的事情。這附近有兩個學校，學生們都穿著校服。女生穿紅色校服，男生穿藍色校服，兩個學校都是這樣的。不過還是有區別的，一個學校的學生打著紅領巾，另一個學校的學生沒有打紅領巾。在丟丟的記憶裡，超超是戴紅領巾的。以前她還是嘟嘟的時候超超就戴紅領巾，後來超超去葉兒家的時候，還是戴著紅領巾，現在應該還是戴著的吧？

於是丟丟就專門注意戴紅領巾穿藍色校服的孩子。

但是太難了，丟丟悄悄到校門口去守望過，校門一開，一大群穿紅校服和藍校服的學生像鴿子一樣撲啦啦飛出來，一會兒就不知道散到什麼地方去了，根本認不出誰是超超。同時丟丟也無法判斷超超就一定是在這所學校上學。

然而丟丟的確是一條聰明的狗，即使現在她病得走路都很困難的時候，她的記憶和智商還是超棒的。

丟丟想起了她上「全托幼稚園」去過的那個老爺爺家。丟丟還記得每一次超超把她交給老爺爺後就是從老爺爺家門口左邊的小路去上學的。

丟丟開始尋找她曾經「全托」過的老爺爺家。

丟丟走路實在已經很困難了，身子沉甸甸的，腦袋也沉甸甸的。

她覺得自己流浪的時間已經太久太久，走得已經太遠太遠，那個老爺爺家在她的記憶中搖晃，一會兒清晰，一會兒模糊。有很多次，病痛都折磨得她快要放棄這種想法了。但是，當她稍微恢復一些的時候，又堅定了她心裡的決心：不行，我一定要找到老爺爺家！我一定要看見超超！

丟丟搖搖晃晃地走啊走，看見一個垃圾堆，走不動了。她得找點吃的。一群蒼蠅擁在一塊爛西瓜皮上啃上面留下的紅瓤，丟丟口渴得不得了，又找不到什麼可以解渴的東西，就無力地去把蒼蠅趕開。西瓜皮還很有水分，但是已經發酸了。丟丟啃了幾口，舒服了一些。然後她又找到一些可以填飽肚子的東西，吃下去，感覺很累，找了一塊乾淨點的地方，就躺下了。可惡的綠頭蒼蠅在她眼皮子底下悠閒地搓著腿，不時還嗡嗡嗡地停在她的頭上、肚皮上，甚至鼻尖上騷擾她，簡直就是公然挑釁，丟丟就任憑牠們欺負，一絲驅趕的力氣也沒有。

休息了兩天，丟丟覺得好一些了，又繼續她尋找老爺爺家的路程，因為她堅信，找到了老爺爺家，就可以找到超超天天上學的那條路，就可以天天看見超超。

如果找到了老爺爺家，丟丟想藏在一個超超看不見她的地方看著超超。

7

但是，可憐的丟丟搜索了所有的記憶，找遍了她記憶中的那道掉了漆的房門，還是沒有找到老爺爺家。

丟丟失望了。沒有辦法，她又來到一片垃圾堆。在這裡可以看見很多學生上學放學。丟丟想，說不定哪天就可以看見超超。

這是一片比較容易覓食的垃圾堆，在一個丁字路口。一邊是賣油炸臭豆腐和烤洋芋的，另一邊是個小麵館，門口放著一個油膩膩的餿水桶，雖然裝著可以吃的東西，可是丟丟看了就作噁。緊靠著垃圾堆旁邊，還有一個廁所。香的臭的混在一起，讓丟丟的鼻子很是受不了，不斷地翻胃作嘔。

但是，這裡除了可以看見學生們上學放學，還可以看見他們用零用錢去買油炸臭豆腐和烤洋芋，還可以看見他們坐在小麵館裡吃早餐，也可以看見他們尿急的時候去那個不收費的廁所解手。這些孩子都是戴著紅領巾的，他們中間說不定就有超超。所以，丟丟決定在這個垃圾堆守候。

但是這片垃圾堆是一個有主的「碼頭」，碼頭的舵主是一群像惡霸一樣的老鼠。他們個個膘肥體悍，混得跟黑社會老大一樣。牠們一齊抵制丟丟的到來。起初老鼠們看見來了一隻流浪狗，還收斂了一點橫衝直撞的惡霸氣息，後來看見丟丟連走路都很費力，他們就很蔑視丟丟。他們在丟丟面前穿來穿去，甚至還故意從她的狗爪子上翻過去，然後再轉過身來用鼠眼睛惡狠狠地盯著丟丟，意思是說：「怎麼樣？你想幹什麼？想來我們的地盤上混，你還早呢！」

丟丟明白自己已經不是原來那個可以智鬥老鼠的嘟嘟了，她絕不是這群老鼠的對手，於是忍氣吞聲地縮在一個角落裡。盡量控制住身體，使自己不要顫抖得太厲害。

有一天，飛過來一碗沒有吃完的烤洋芋，幾隻老鼠一下就衝上去了。丟丟太想吃烤洋芋了，以前她還是嘟嘟的時候，超超跟她一起吃過的。丟丟搖晃著身子站起來，朝著快被爭搶完的洋芋走過去，試圖驅趕開老鼠們分享到一點。當丟丟接近他們的時候，一隻碩大的老鼠，肚皮圓滾滾的，不知道是吃得太飽還是懷孕了，他瞪著快要爆出來的鼠眼睛，慢吞吞惡狠狠地橫著身子朝丟丟逼過來。丟丟心頭發虛，她害怕那雙眼睛，嚇得縮著身子夾起尾巴往後退了。

但是，丟丟並不感到悲哀，她不想跟這群老鼠一般見識，她堅信在這個地方可以碰見超超，所以必須忍耐。

終於有一天，丟丟看見了超超！

丟丟看見超超拿著零錢買了一碗烤洋芋，他用胖胖的小手捏著牙籤，插上一小塊一小塊的洋芋往嘴巴裡送。吃得很仔細很專心。是的，那就是超超。丟丟的心裡滾過一陣酸痛，很長時間積壓在心裡的東西突然噴湧而出，

眼睛一下子就模糊了……

但是，超超不知道有一雙狗的眼睛在看著他，那是多多的眼睛，同時是嘟嘟的眼睛，也是丟丟的眼睛。那是怎樣一雙複雜的眼睛啊，用盡人類的所有語言都是無法表達的。那雙眼睛在一瞬間把多多、嘟嘟和丟丟重合在一起了。

丟丟突然之間看到了希望，那種希望支撐著她的大腦，使她的身體一下子重新變得強健起來。她發現自己可以穩當地站立一會兒了。

丟丟盼望著還可以看見超超。但是，過了好多天也沒有看見超超。丟丟覺得這樣被動地等下去很渺茫，於是她開始在附近轉悠。

比如，周圍有幾條通往學校的小巷，丟丟感覺超超也許就會在某一條小巷裡出現。她就一條一條地去搜尋，儘管她步履艱難，儘管她蹣跚得像一個老太婆。

那是一條很狹長的小巷，彎彎曲曲，只見頭不見尾。從這邊鑽進去，你簡直無法判斷從另一邊出來會是一個什麼地方。兩邊都是煤棚，兩邊的屋簷幾乎疊在一起，把巷子裡弄出一種很幽深的氣氛。兩個人並肩走路都很困難，如果迎面碰上，必須側著身子才能通過去。

正午的陽光直射下來，在巷子中間畫上一條窄窄的陽光跑道。巷子兩邊的牆根裡，稀稀拉拉長著一些細碎的野花，黃色的、紫色的，還有野草，狗尾巴草、算命草，它們都往中間傾著身體，想沐浴到一點寶貴的陽光。於是走在巷子裡，便有一種受到夾道歡迎的感覺了。

煤棚裡的居民差不多都是老鼠，他們在這裡很悠閒地生活，非常安靜，屬於鼠類中的良民。這樣的巷子是老鼠們的街市，他們很優雅地在這裡逛大街、串門兒，或者尋找他們所需要的東西。

老鼠們很大膽地從丟丟面前穿過，一點也不害怕丟丟，因為這是他們的地盤。有時候他們還扭過頭來看丟丟一眼。對這隻瘸腿的狗感到很好奇的樣子。迎面過來上了年紀的老鼠，偶然會停下來彬彬有禮地跟她打個招呼，儒雅而有風度。丟丟覺得這巷子充滿了一種寧靜而祥和的氣氛，這裡的老鼠既可愛也很有修養。

這裡既是老鼠們的街市，同時也是孩子們的樂園。

這樣的巷子很像迷宮，很吸引上學放學的孩子們，他們既可以從這裡抄近路，又可以在裡面捉迷藏。無論爸爸媽媽們如何警告他們不要走那種小巷子，有壞人不安全，也阻擋不了他們的好奇心。孩子們喜歡的是刺激。他們通常一窩蜂地從一個入口跑進去，一分鐘之內便消失在巷子裡，互相尋找藏起來的夥伴，過一會兒又鬧哄哄地從另一個出口跑出來。每天都重複同樣的遊戲，他們樂此不疲。

當然，孩子們一進去，老鼠們就躲回家睡大覺去了。他們是很明白孩子們的活動規律的，不會出來嚇唬他們。要等孩子們散去了，老鼠們才跑出來把撒落在路上的麵包屑、從孩子們口袋裡跑掉的珠珠糖和小餅乾之類的東西拖進鼠洞裡，慢慢享用。口香糖他們是不會要的，不僅會把牙齒給粘住，還會把腸子也粘住，那可真是個要命的東西，他們曾有過慘痛教訓的。

有時候，孩子們掉落的彩色貼紙和小卡片也會被老

鼠們拖回去看，丟丟就想，說不定這裡的老鼠還能認識字呢！他們真是一群與眾不同的老鼠。

終於在某一天，丟丟在一條巷子裡看見了超超！在她顫顫巍巍向前走的時候，超超向她迎面走來。超超背著雙肩書包，埋著頭，急匆匆地走。丟丟很想汪汪叫一聲引起超超的注意，好讓超超朝她看一眼，可是又怕她那種蒼涼的叫聲嚇著了超超，於是就沒敢叫。丟丟側身站在一邊，把路讓開，等待超超從她身邊走過。超超沒有注意到她，急匆匆地就從她身邊走過去了。

丟丟有些後悔當時沒有擋一擋超超的路，要是擋他一下，超超就會看見她的。

但是丟丟很興奮，她推斷這大概是超超上學放學的必經之路，所以只要經常在這條巷子裡候著，就會看見超超。

一種新的希望支撐著丟丟，使她的生命裡注進了新鮮的血液。丟丟感覺死亡離她又遠了一些，她還不會立即就倒下。

8

丟丟的判斷果然沒有錯。

那天丟丟站在巷子裡，又看見了超超。大概是後面有同學追趕他，超超一邊跑一邊朝後看。這次丟丟故意站在巷子中間擋著道，超超只顧得跑，一下子幾乎要撞在丟丟的身上，嚇了超超一跳，超超往後退了一步，看了丟丟一眼，停了下來。似乎想起點什麼來。但是超超只是遲疑了一下，沒有認出丟丟來。丟丟也沒有靠近超超，看了超超一眼就側著身子靠在牆腳，使自己的身體頂住牆壁，盡量不要顫抖。

丟丟沒有要讓超超認出自己的意思。她只是覺得自己活著的時間已經十分有限了，能夠多看超超一眼，心裡便是多了一分滿足。她並不希望超超認出她是丟丟或者是原來的嘟嘟。

丟丟在一個低矮的煤棚裡住下了，雖是覓食不太方便，但是可以方便看見超超。

每天，丟丟都會算好時間候在小巷子裡，盼著超超的到來。雖然並不是天天都可以看見超超，但總是可以經常看見了。丟丟會在超超看不見她的地方隱藏好顫抖的身子，等待超超從她的視線裡穿過。每當丟丟經歷這個過程的時刻，她的心臟就會突突地跳得幾乎受不了。

啊，今天超超背了一個新書包。跟同學捉迷藏的時候，新書包晃來晃去的，看起來太大了不合適。

啊，今天超超穿了一雙和上次不一樣的步鞋。襪子的顏色也不一樣。

啊，今天超超的頭髮是剛理的。是不是嫌頭髮理得不好看，你看他噘著嘴不高興的樣子。以前就是這樣的，最不願意理髮，一理髮就鬧脾氣。

……

丟丟總會發現超超那些不一樣的細節，看著他的背影回味好半天。她會想起好多她還是嘟嘟的時候，在超超家與超超相處的那些情景。當然還會想起對她很好的葉兒。但是丟丟還不知道葉兒已經不會在這個地方出現了。

有時候，她好希望站在超超面前，讓超超叫她一聲丟丟，不，最好是叫她一聲嘟嘟。可是不行，她不想讓超超認出自己。是的，絕對不能讓超超認出自己來。狗有著一種人類無法理解的念舊、感恩和自尊，這種複雜的心態會強烈地煎熬著他們的心臟，有時候能把心臟擰出血來。

丟丟的目光拉得又長又遠，跟著超超的背影直到消失為止。那種目光真是晃悠悠，顫悠悠，欠悠悠的。那種目光會在幽暗的巷子裡飄蕩很久。

偶爾，超超也能感覺到那樣的目光。可是等他回過頭來看的時候，卻又什麼都沒有發現。

有一天，丟丟看見超超走過來。丟丟趕緊藏在一個拐彎的角落裡不想讓超超看見。超超依舊走得很匆忙，快要走到丟丟跟前的時候，突然想起了點什麼，大概是忘了什麼東西或者是丟了什麼東西，他轉身就往回走。

丟丟有些不知所措。她不知道該走出來還是繼續躲藏下去。這時候從丟丟身後走上來一個人，迅速從丟丟身邊穿過，很快地往前走了。那人不知道急著要去幹什麼，走得很快。然後就像追趕什麼東西小跑起來。正是由於他快得有些異常，突然引起了丟丟的注意。一種不太好的感覺一下子罩住了丟丟。

丟丟拚命控制著搖晃的身體，顫巍巍地跟上去。拐了兩個彎，突然發現有兩個人站在巷子的盡頭。一個是超超，被頂在牆上靠著，臉色慘白，另一個就是剛才走得很快的那個人。那個人手上拿了一把水果刀，逼在超超的脖子上，要超超把什麼東西交出來。超超嚇得不敢動彈。那人就騰出一隻手去摸超超的口袋，翻他的書包。

丟丟憤怒了！渾身顫抖，立刻就變成了一隻兇惡的母狼！她野性大發，使出全身的力氣快步趕上去，往著那個人的腳後跟使勁咬住不放，拚死命地往後拖。

那人痛得嗷嗷直叫，放開超超去對付丟丟。

啊，丟丟，怎麼是丟丟！超超在驚恐萬分中

認出了丟丟。但是他已經被嚇得喊不出來。

丟丟咬住那個人的腳後跟就是不鬆口，那人拖著丟丟跑了一段路，才甩開了丟丟。

趁著丟丟和那人糾纏的時候，超超拖著被拽斷的書包，大喊著「救命」跑掉了。鉛筆和書本撒了一地。

9

丟丟咬住那個人的腳後跟的時候，下口太重了。那一口，使出了她生命中剩餘的所有的力氣。那個人的腳後跟也真是結實得不得了，在他拚命掙扎的時候，把丟丟滿口的牙齒都撬鬆了。

那個人拖住丟丟往前跑的時候，地上灑了一些血。丟丟也滿口是血。不知道是那個人腳後跟上的血還是丟丟牙齒上出的血。

看見超超脫離了危險，丟丟才鬆了口。那個人想使勁踹丟丟一腳，可是疼得抬不起腿，只好瘸著腿跑掉了。

丟丟一下子癱軟在地上。連顫抖的力氣也沒有了。

天空中突然捲起一片烏雲，電閃雷鳴，下起了大雨。丟丟清醒過來，發現自己倒在雨水中。她掙扎著爬起來，把身體挪到可以避雨的牆根下，抬頭看了看被大雨淋濕的超超撒落的那些本子，眼前滴著雨水的小黃花搖晃著，迷迷濛濛的，在她的目光中形成最後的定格。然後，丟丟真的是一絲力氣也沒有了。但是她的心裡卻帶著滿意的微笑，只是這種微笑，沒有人看見，也沒有誰會理解……

脫離危險的超超被嚇得好幾天都驚魂未定，再也不敢抄近路鑽那條小巷子去上學。他在想，丟丟怎麼會在巷子裡突然出現了呢？丟丟怎麼會那麼不顧生命危險地救他呢？就因為她是葉兒的狗嗎？就因為丟丟知道自己跟葉兒是好朋友嗎？好像是又好像不是。

超超回過神仔細想了想那些經過，突然感覺到什麼東西，心裡閃過一個念頭。他告訴媽媽，那隻救了他的流浪狗丟丟是不是嘟嘟？眉頭那裡特別像。

媽媽聽了超超的敘述，越發覺得丟丟就是嘟嘟。媽媽說，那我們去把她找回來吧！

但是他們找遍了所有的垃圾堆和所有的大街小巷也沒有發現丟丟的蹤跡。最後，超超終於失望了。

冬至到了，這裡有吃狗肉的習俗，據說在這一天吃了狗肉整個冬天都不會怕冷。好多餐館門口都擺了一個煮熟了的狗屁股，襯一塊紅布用玻璃框罩著，再點上一盞紅罩子燈，熠熠生輝，很像一個貢品。狗尾巴莊嚴地翹著，油光可鑒地對著顧客。

超超經過每一個狗屁股面前都要仔細辨認。如果發現比較瘦的就會懷疑那是不是丟丟的屁股。但他無法判斷這裡面是不是就有丟丟的屁股。

每年的這一天，超超的爸爸都會為他端來一碗帶湯的狗肉，讓超超連湯帶肉吃下去，說是這樣吃了就不會尿床。

在這個特殊的節日裡，媽媽也情不自禁地想起了嘟嘟。媽媽說，好狗能記千年事啊，丟丟很可能就是嘟嘟，那真是一隻會思考的不同尋常的狗。

超超問媽媽：「嘟嘟的媽媽還會生出像嘟嘟一樣的狗來嗎？」

媽媽說：「這個我就不知道了。」

今年的冬至，超超沒有吃爸爸買來的清湯狗肉，以後他再也不會吃狗肉了，他情願尿床。

九歌少兒書房 200

狗狗想要一個家

著者　胡巧玲
繪者　潔子
責任編輯　鍾欣純
發行人　蔡文甫
出版發行　九歌出版社有限公司
台北市105八德路3段12巷57弄40號
電話／02-25776564・傳真／02-25789205
郵政劃撥／0112295-1
九歌文學網　www.chiuko.com.tw
印刷　晨捷印製股份有限公司
法律顧問　龍躍天律師・蕭雄淋律師・董安丹律師
初版　2010（民國99）年12月
定價　240元　第50集　全套四冊960元

書號　A50200
ISBN　978-957-444-737-4
（缺頁、破損或裝訂錯誤，請寄回本公司更換）

國家圖書館出版品預行編目資料

狗狗想要一個家 / 胡巧玲著. 潔子圖.
--初版. -- 臺北市：九歌, 民99.12
面； 公分. -- (九歌少兒書房；200)

ISBN 978-957-444-737-4(平裝)

859.6 99021002